L'ARTIFICIER NOIR

Jean-Paul Halnaut

L'ARTIFICIER NOIR

© 2024 Jean-Paul Halnaut
Édition : BoD - Books on Demand, info@bod.fr
Impression : BoD – Books on Demand,
In de Tarpen 42, Norderstedt (Allemagne)
Impression à la demande
ISBN : 978-2-3225-0675-0
Dépôt légal : Février 2024

Du même auteur :

2012 : GI's Blues aux Éditions des Falaises
(Prix du Lions Club de Normandie 2013)
(Prix National Lions de littérature 2013)

2014 : Les Anges de la Cité aux Éditions des
Falaises
(Prix Octave Mirbeau 2015)

2019 : La Vengeance du Lynx aux Éditions des
Falaises

2022 : Le Fils de Hans aux Éditions BOD

1

Le Havre septembre 1941

Madeleine releva sa frange blonde et examina soigneusement son visage dans le miroir ovale placé au-dessus de la coiffeuse. De grands yeux bleus innocents, des cheveux sagement tirés vers l'arrière lui donnaient un air de très jeune fille malgré ses trente printemps, ce qui plaisait à certains de ses clients, cependant, ses cernes noirs, ses paupières légèrement gonflées indiquaient que sa jolie frimousse ne tarderait pas à subir quelques dommages si elle continuait à vivre des nuits aussi agitées. Peut-être devrait-elle accepter la proposition d'Hervé et tenter un nouveau départ à ses côtés.

Après avoir entrepris une vaste opération de maquillage, par petites applications circulaires de fard sur ses pommettes, elle jeta un coup d'œil à l'horloge murale. Huit heures quarante... Elle alluma une cigarette, s'installa confortablement sur le lit, bien calée entre deux oreillers et entama la lecture du *Petit Havre*, le seul journal encore disponible dans les kiosques.

8

Elle entendit frapper deux coups brefs : *C'est Fanny, avec un quart d'heure d'avance*... Madeleine se leva en rouspétant, ses mules ne lui tenaient pas aux pieds. Elle se traîna jusqu'à la porte d'entrée, les orteils recroquevillés...

La lame brillante du couteau décrivit de haut en bas une ample trajectoire. Elle ressentit une douleur atroce au milieu de la poitrine. Son corps se tétanisa. Madeleine tourna sur elle-même, son regard balaya une dernière fois à travers un brouillard rougeâtre les murs de la chambre familière.

2

Mamadou Seck jeta un coup d'œil dans sa musette : pain, lard, chopine, une gamelle de pois à la tomate, la serviette à carreaux rouge et blanc, tout y était sauf le cadeau de son père : un couteau à manche nacré qu'il avait dû oublier sur la table de la cuisine.

Quand l'échelle de corde fut solidement arrimée, le palan prêt à fonctionner, Sanaa adressa un large sourire à son collègue pour l'inciter à descendre. Juste avant de disparaître dans le trou Mamadou remarqua deux flics en pèlerine qui se dirigeaient vers le chantier : un chauve obèse et un petit rouquin sec et nerveux. La casquette que lui avait offerte Madeleine le matin même risquait de tomber. Par précaution il l'enfonça jusqu'aux sourcils. Après quelques mètres de descente, son pied droit heurta un objet métallique lourd qui dégringola au fond du trou, accompagné de gravats divers. Sous l'effet de la surprise, Mamadou resta figé, agrippé à son échelle, la tête rentrée dans les épaules jusqu'à ce qu'il ressente l'onde de choc provoquée par le puissant impact de la ferraille résonnant sous ses pieds.

Bien que son rythme cardiaque se soit subitement élevé, il réussit à accélérer l'allure et se posa quinze mètres plus bas, cherchant prudemment des appuis convenables sur le sol boueux. L'eau ruisselait de partout, la poussière et les odeurs nauséabondes agressaient ses narines. Il promena le faisceau de sa lampe torche autour de lui pour explorer les moindres recoins et réalisa qu'il avait provoqué la chute d'une plaque d'égout restée en équilibre et que la bombe, percuteur à demi enfoui sous les gravats, se trouvait à moins de trente centimètres de la lourde pièce en fonte.

La poussière retomba peu à peu. Mamadou respirait mieux. Il avait eu de la chance...

La veille au soir les *Halifax* avaient bombardé la succursale Renault[1] située à l'angle des boulevards Foch et François Ier, frappe efficace mais loin d'être chirurgicale ; les *rosbifs* s'étaient laissé aller arrosant la chaussée à tort et à travers. C'est au fond d'un de ces trous de bombes, en plein milieu du boulevard Foch, que Mamadou opérait... Il sortit des cales de sa boîte à outils, les inséra sous la bombe puis, comme à son habitude, s'adressa à elle à voix haute :

-Combien pèses-tu ? 250 kilos, à vue de nez...

-Tu as quel dispositif d'armement ? Électrique, chimique... Ne crois surtout pas que tu vas me berner !

Mamadou sourit en découvrant écrit à la peinture rouge sur le corps de bombe l'adresse du destinataire : *fucking Adolf !* Après avoir effectué un minutieux dépoussiérage, constatant que la bombe n'était qu'une malheureuse *Pistol 30* il s'esclaffa sans retenue. La *Pistol 30* était en effet le pétard le plus inoffensif jamais conçu par l'industrie d'armement britannique ; un raté magistral ! Sans hésiter Mamadou s'assit à califourchon sur la bombe,

---

[1] Les15 et 16 septembre 1941

dévissa le culot, la neutralisa pour respecter la procédure sachant qu'il ne prenait aucun risque. *Tant que les Anglais auront du matériel comme ça, se dit-il, la victoire se fera attendre !*

C'est grâce à la *Pistol 30* que Mamadou s'était fait remarquer par son chef, le capitaine artificier Charles Danrit en identifiant l'erreur de conception de cette série. Le percuteur trop long venait systématiquement taper à côté de l'amorce, résultat : pas d'explosion possible !

Il arrima la bombe et agita frénétiquement sa casquette. C'était le signal convenu. Sanaa actionna la manivelle du palan et remonta l'engin au rythme cadencé de *Dors mon p'tit quinquin, mon p'tit poussin…* Mamadou s'extirpant du cloaque, remonta dare-dare par l'échelle de corde, les yeux rivés sur l'entrée baignée de lumière, pensant à la bière bien fraîche qu'il boirait ce soir à la terrasse de *Chez Georges* place Saint-François.

À trois mètres de la surface il entendit le piaillement des oiseaux réfugiés dans les quelques arbres épargnés par les bombes du square Jean Jaurès[2]. En sortant il eut le temps de sentir le vent du large lui caresser la nuque, d'apercevoir, inondé de soleil, le Mémorial belge[3] qui se détachait au bout du boulevard, sur fond de ciel chargé d'orage en baie de Seine.

---

[2] Actuel square Saint Roch
[3] Situé bd Albert 1, dans l'alignement du bd Foch

Mamadou fut aussitôt empoigné par les deux flics en pèlerine qui l'attendaient à la sortie, menotté puis traîné sans ménagement vers le panier à salade. Il tenta de parler à Sanaa, ce qui lui valut un bon coup de matraque dans le bas du dos.

Depuis juin 40 les *artificiers noirs* municipaux avaient désamorcé des chapelets de bombes foireuses allemandes, puis anglaises dans tous les quartiers du Havre. Peu à peu Mamadou était devenu, grâce à son savoir-faire sur le terrain, le vrai patron de ceux qu'on appelait *l'équipe de la mort*.

3

François Le Pellec souffrait d'un méchant mal au crâne, il avançait le plus vite possible, essayant de coordonner ses foulées avec le mouvement de balancier impulsé par sa bedaine. François représentait un cas rare ; il n'avait pas perdu cent grammes alors qu'il subissait, comme toute la France occupée depuis plus d'un an, un régime de misère : peu de graisses, peu de pain, pas de sucre et beaucoup de rutabagas.

Il jeta un coup d'œil à l'horloge de la gare, déboutonna son col de chemise et s'engagea sur le cours de la République. Il ne lui restait que dix minutes s'il voulait arriver à l'heure à son rendez-vous avec l'inspecteur Poirier.

Les évènements de la nuit lui avaient fait prendre dix ans d'un coup.

À une heure du matin, il travaillait encore dans les locaux du *Petit Havre*[4] à la mise en page de son article sur les dernières recommandations de la défense passive quand les bombardiers anglais envahirent le ciel. Les sirènes hurlèrent bien trop tard se contentant d'annoncer le début du grand barnum ; peu de gens avaient pu se réfugier dans les abris. Les vitres des bureaux furent pulvérisées. François, en bon journaliste, prit le risque de se

---

[4] *Le Petit Havre* : journal local situé boulevard de Strasbourg

pencher à la fenêtre pour se rendre compte de l'ampleur des dégâts. La façade du journal était criblée d'éclats. Poussière, fumée dense, explosions, en face deux immeubles flambaient, un troisième, éventré, commençait à se lézarder de haut en bas et n'allait pas tarder à s'écrouler. Les gens couraient dans tous les sens au milieu du boulevard de Strasbourg enjambant les platanes déracinés, le plus loin possible des immeubles pour ne pas finir ensevelis sous les décombres.

Au rythme de 15 à 20 coups par minute les canons de 88 de la *flak*[5] tiraient sans discontinuer depuis Frileuse, la digue sud et le port. Le vacarme était à son comble, les sirènes mugissaient de plus belle et le vrombissement des bombardiers s'amplifiait. Les faisceaux de projecteurs, les balles traçantes embrasaient le ciel. Maintenant la RAF bombardait le port. Vers le sud un *Wellington* fut touché, une épaisse fumée se dégageait d'un de ses moteurs, deux minutes plus tard il s'écrasait en baie de Seine.

Soucieux de ses collègues François retourne vite fait dans le bureau, on se cherche, on se compte : Mariette la secrétaire avec laquelle toute l'équipe vient de partager un gâteau d'anniversaire, Simon Fontaine le chef d'atelier, les deux typographes René et Louis. Pas de blessés, un miracle car des éclats ont impacté le mur juste au-dessus de la presse.

---

[5] Batteries anti-aériennes

Déjà la deuxième vague arrive, pas le temps de rejoindre l'abri situé à deux cents mètres, on dévale l'escalier pour accéder à la cave, encore une énorme explosion, ce pruneau-là n'est pas tombé loin ! L'immeuble bouge, la rampe se descelle sous les effets de la déflagration, panique, Mariette et Louis hurlent. Finalement on pénètre dans la cave. François ferme machinalement la porte à clé derrière lui, se rendant bien compte que son geste est stupide !

Il n'y a plus rien à faire si ce n'est attendre…

Mariette étreint frénétiquement le bras de François, Simon, les yeux exorbités lui parle mais le journaliste ne comprend rien car dehors ça gronde, les casiers à bouteilles s'entrechoquent, quelques bouteilles se brisent, la terre battue absorbe de fabuleux pinards qui dégagent des effluves douceâtres.

Instinctivement les collègues se sont rapprochés à se toucher. Ils se voient à peine à cause de la poussière qui leur pique les yeux. Les bronches sifflent, on tousse. L'unique ampoule électrique tangue au plafond, parfois l'intensité faiblit puis redevient normale, miraculeusement le réseau tient bon…

L'heure passée dans la cave leur parut une éternité. Peu à peu le grondement s'apaisa et le calme revint. Simon, pris de tremblote, mit le feu à sa moustache en essayant de rallumer le mégot qu'il avait gardé collé au coin de sa bouche. François sortit de sa poche un couteau suisse équipé d'un tire-bouchon et déboucha une bouteille de Château Margaux 1934 sous le regard approbateur de ses collègues.

La cave était bien approvisionnée en vins fins grâce aux relations chaleureuses qu'entretenaient monsieur le directeur avec la Kommandantur. *Le Petit Havre* vantait systématiquement les mérites du Maréchal et restait le seul quotidien de la région havraise toléré par les forces d'occupation.

Chacun but sa rasade de vieux Bordeaux au goulot avec délectation. Les nerfs tombaient. Installés sur des caisses vides, le petit groupe se laissa envahir par une salutaire torpeur réparatrice durant un bon quart d'heure avant de se décider à sortir du refuge.

4

Finalement, ce 18 septembre, après avoir remonté la rue Hélène au petit trot François arriva pile à l'heure au commissariat. La nuit du 15 au 16 ses collègues et lui s'en étaient tirés sans une égratignure. Le ronronnement régulier des rotatives à leur remise en service les avait rassurés, pas de chômage technique en perspective...

Aujourd'hui François était chargé par la rédaction de dresser le bilan du bombardement sur la base du rapport remis par les flics. Il ne se priverait pas pour autant de glaner les comptes rendus de faits divers intéressants, nombreux en cette période troublée et susceptibles d'améliorer l'ordinaire de sa gazette.

Le journaliste frappa à la porte du bureau d'un Henri Poirier très énervé. Il se ramassa un tonitruant : *Entrez, Nom de Dieu!* qui allait l'inciter à formuler ses requêtes avec tact s'il ne voulait pas de se faire jeter.

François pointa le bout de son nez par la porte entrebâillée. L'inspecteur n'était pas seul dans le bureau. Assis face à lui un petit homme sec et âgé vêtu d'un costume sombre, le regard fixe, tentait de maîtriser le léger tremblement de sa main. François reconnut Abel Fadida, un marchand de fruits et légumes propriétaire d'un commerce bien connu des Havrais.

- Je reviendrai plus tard, je vois que tu es occupé...

Henri sourit, découvrant des incisives partiellement jaunies par la goldo.

- Non, je t'en prie entre ! Tu m'as fichu une de ces trouilles ! Je savais que tu étais resté au journal la nuit dernière. Quand j'ai vu le feu d'artifice depuis le plateau,[6] j'ai craint le pire...

- On a eu de la chance...

- Tu me raconteras ça plus tard. Prends le fauteuil...

François, essoufflé essuya une goutte de sueur qui perlait sur sa tempe, soupira d'aise au contact du cuir encore froid et salua monsieur Fadida. Les deux hommes avaient déjà eu l'occasion de se rencontrer, d'échanger sur la situation précaire de la communauté juive.

L'inspecteur Poirier se méfiait des oreilles indiscrètes. Comme propulsé par un ressort il traversa le bureau à grandes enjambées, jeta un coup d'œil dans le couloir avant de refermer la porte derrière lui. Il s'adressa au vieil homme en chuchotant :

- François est un ami, monsieur Fadida vous pouvez vous exprimer devant lui... J'ai une bonne nouvelle pour vous ! Je viens de recevoir vos faux papiers. Nous sommes prêts...

- C'est que...

- ...Vous venez de signer le registre de présence au commissariat. Le prochain contrôle se fera dans

---

[6] La ville haute

une semaine, ça nous laisse un peu d'avance. Tenez-vous prêts à partir mercredi prochain !

- Désolé monsieur l'inspecteur mais nous avons changé d'avis. Ma femme n'est pas bien portante et puis après tout, nous sommes ici chez nous. J'ai été décoré de la croix de guerre à Verdun, par Foch en personne ! Et il nous a fallu vingt ans d'efforts pour faire prospérer notre commerce…

- Vous n'avez pas l'air de saisir que vous jouez votre peau monsieur Fadida. Dis-lui toi François ! Tu connais mieux que personne tous les rouages de l'administration…

- Henri a raison. Les mesures anti-juives deviennent de plus en plus dures, depuis la création du CGQJ[7] : recensements, aryanisation des biens juifs et j'en passe ! Vous êtes directement visés. On peut craindre le pire dans les mois à venir.

Le pouvoir adhère totalement aux thèses des Nazis. Mon journal vient de recommander d'assister à la projection du « Juif Süss » qui vient de sortir à l'Eden[8] afin de faire prendre conscience à ses lecteurs de la turpitude des Israélites ! Nous en sommes là !

Le visage de François Le Pellec s'était subitement empourpré.

- Au Havre nous sommes en zone côtière interdite. Ajouta Henri. Les déplacements à l'intérieur de

---

[7] Commissariat Général aux Questions Juives créé en mars 1941

[8] Visionné au cinéma Eden en mai 1941

cette zone sont surveillés et carrément interdits pour les Israélites ! Les autorités ont commencé par vous recenser, maintenant ils veulent savoir en permanence où vous êtes, ça ne vous semble pas inquiétant ? En plus, un nouveau décret annonce la création d'une *Police aux Questions Juives*[9] et vous savez qui sera le chef de l'antenne du Havre ? Le zélé Mariani ! Son bureau est situé à dix mètres du mien, quand sa prise de poste sera effective il sera beaucoup plus difficile d'agir...

Monsieur Fadida se recroquevilla sur lui-même, le rythme de sa respiration s'accéléra :

- Et puis ces gens qui reprendraient mon commerce, peut-on vraiment compter sur eux ? Ma femme est réticente...

- Vous devez nous faire confiance. Nous comptons à la chambre de commerce des amis proches de notre mouvement. Heureusement, l'administrateur de vos biens[10] désigné d'office est Gaston Turpin.

- C'est un coup de chance ! Reprit François. Turpin est un patriote qui ne peut pas sentir les Boches ! Son fils a été tué au combat en juin 40...

- Il vous a remis une évaluation correcte de la valeur de votre commerce n'est-ce-pas ?

- C'est exact, j'en ai pris connaissance...

---

[9] Octobre 1941

[10] Des administrateurs gèrent les dossiers de confiscation des biens juifs durant la période dite *d'aryanisation des biens juifs*

-...Et vous a trouvé un acheteur, André Kelerman qui s'est engagé par écrit à vous restituer votre affaire au même prix quand vous lui en ferez la demande et que nous serons débarrassés de l'occupant. Le contrat sera déposé chez un notaire de confiance.

- Cette histoire nous angoisse ma femme et moi, nous prenons le risque de tout perdre...

- Le risque sera bien plus grand si vous restez au Havre ! Ajouta François. Kelerman, alsacien d'origine, est farouchement antiallemand. Il est surtout un protestant pratiquant fidèle à ses principes. Turpin s'en porte garant.

Monsieur Fadida se leva péniblement et spontanément vint serrer la main de ses interlocuteurs :

- Vous avez raison. Merci par avance de votre aide, mais comment nous organisons-nous concrètement inspecteur ?

- Soyez mercredi matin à 6 heures précises, madame et vous, devant le cinéma Eden, un fourgon de police passera vous prendre. Attention ne soyez pas en retard, mes hommes ne pourront pas vous attendre et surtout n'emmenez qu'un petit bagage. Il y aura huit passagers dans le fourgon et deux policiers armés en uniforme censés vous surveiller. Les papiers mentionneront que vous êtes des prisonniers transférés à la prison de Compiègne. Sous escorte policière vous pourrez passer les barrages sans encombre. Ensuite vous serez pris en charge en région parisienne par la résistance locale, le lendemain, dans votre cas, direction Marseille et embarquement pour la Tunisie où réside votre famille. C'est bien ce que vous souhaitez ?

- Oui, là-bas nous ne risquons rien. Merci messieurs…

Henri se leva pour raccompagner le vieil homme à la porte du bureau. Ils s'étreignirent…

- N'oubliez-pas de nous envoyer une carte postale de Bizerte monsieur Fadida ! Lança François en guise d'adieux.

5

Quand ils se retrouvèrent seuls les deux amis échangèrent un regard vaguement inquiet. Ils savaient que si le fourgon se faisait intercepter, on pourrait facilement remonter jusqu'à eux ce qui aurait pour conséquence le démantèlement du réseau.

Le journaliste et le flic avaient rejoint quelques mois auparavant un groupe de résistants qui s'était constitué dans la région. Ils étaient tous les deux prêts à se battre pour libérer la France mais leurs motivations personnelles présentaient quelques variantes. François était resté un vrai journaliste d'investigation dans l'âme. Il travaillait par obligation pour un journal pétainiste, le seul en activité. Certes, il fallait se montrer prudent, afficher un comportement compatible avec la ligne du journal mais, s'il était capable de jouer un double jeu efficace, il se trouverait aux premières loges pour renseigner la résistance et témoigner à charge le moment venu contre les profiteurs, les opportunistes et les dénonciateurs.

Henri avait un profil plus « politique ». Il avait participé étant jeune aux manifestations antifascistes après la tentative de renversement du régime parlementaire en février 1934 par les ligues d'extrême droite puis s'était engagé pendant la guerre d'Espagne dans les *Brigades Internationales* avant d'entamer une carrière de policier. Sa forte conviction socialiste l'avait naturellement porté à s'opposer au régime de Vichy par tous les moyens mais sa position d'inspecteur de police face à une hiérarchie ouvertement collaborationniste lui faisait courir des risques majeurs.

Heureusement son moral était remonté d'un cran depuis que les Allemands avaient commis l'erreur d'attaquer l'Union Soviétique trois mois plus tôt. Jamais Hitler ne réussirait à tenir sur deux fronts à la fois. La victoire finale était enfin envisageable...

François, en eau, déploya un large mouchoir à carreaux afin de s'éponger le front.

- Je ne me rappelle pas avoir connu une telle canicule un mois de septembre... Et toi Henri ?

- Tiens, voilà le bilan des dégâts, de quoi te rafraîchir, parce que tu vas voir, ça jette un froid...

François lut à voix haute le rapport[11] que lui tendait Henri :

« Du commissariat central à Monsieur le sous-préfet du Havre :

Nuit du 15 au 16 septembre 41 :

116 torpilles sont tombées sur port et ville, 200 bombes incendiaires, 19 personnes ont été tuées, 58 gravement blessées, 50 immeubles ont été détruits par des bombes explosives, 250 maisons touchées, édifices publics endommagés : Hôtel de ville, église Notre Dame, lycée de garçons etc....etc.... »

Puis venait la liste des morts et des blessés...

François, pourtant blasé, afficha une mine de circonstance devant une telle catastrophe.

---

[11] Rapport de police du18 septembre 1941

- Ils ont tapé fort les Rosbifs ! Ce serait bien s'ils pouvaient de temps en temps ne s'en prendre qu'aux Boches et épargner les civils…

- Tu n'as pas tort ! Ces frappes sont peut-être nécessaires mais en attendant ils donnent des arguments à la propagande ennemie …

François sortit de sa poche son outil de travail préféré : un gros carnet réclame Saint-Raphaël / Quinquina équipé d'un crayon jaune vif. Les informations contenues dans ce carnet lui serviraient de base, plus tard, pour raconter ce qu'il avait vu.

Après dix minutes de prises de notes François revint à la charge obligeant Henri à abandonner le dossier qu'il venait d'ouvrir.

- Dis-moi Henri, tu n'aurais pas un petit fait-divers à me proposer qui pourrait passer la censure ? J'aimerais, de temps en temps, donner à mes lecteurs l'occasion de s'intéresser à autre chose qu'à la guerre !

- On peut dire que tu es collant comme garçon ! Allez, ça tombe bien j'ai besoin d'une pause ! Je peux te préparer un vrai faux café à la chicorée…

Henri extirpa du tiroir de son bureau une bouteille de vieux calva de ferme et deux verres à gouttes…Avec ça il sera buvable ! J'en reviens à ta question…Pour ta rubrique *faits-divers* je te propose un bon meurtre crapuleux. Ça te va ?

- Pourquoi pas…

- Une dénommée Madeleine Hauchecorne, prostituée de son état, a été retrouvée, chez elle, un poignard planté dans le cœur dans un garni de Saint-François situé au-dessus de *Chez Georges*.

- Je connais bien ce troquet…

- Le présumé coupable a été arrêté hier. Il s'agit d'un Sénégalais nommé Mamadou Seck, pour l'instant mis à l'isolement dans une cellule du commissariat…

François examina la photo d'un bel homme noir de 35 ans environ, le front haut et l'œil perçant. Son visage, envahi par une barbe de trois jours exprimait une profonde fatigue.

- Je l'ai interviewé ce Mamadou Seck. C'est un des artificiers de la ville du Havre, un chef d'équipe ! Je ne peux pas le croire ! Il a été pris en flagrant délit ?

- Non, pas vraiment.

- Je suppose que vous avez de bonnes raisons de l'arrêter tout de même…

- Quelques-unes… Lui lança Henri, goguenard.

Après deux verres de calva, son nez avait pris une couleur carminée, ses paupières gonflées lui donnaient un faux air de bouledogue :

- Madeleine Hauchecorne était encore vivante à 7h30 hier matin, elle a pris son petit déjeuner au bar. Son corps a été découvert par le tenancier à 9h00. À 8h30, dix personnes, attablées dans le bistrot, ont vu Mamadou dévaler l'escalier qui mène chez elle.

- Évidemment…

- Et ce n'est pas tout ! Le couteau sénégalais à manche nacré qu'on lui a planté dans le cœur, tout le monde l'a reconnu. C'est celui de Mamadou Seck…

27

6

Mamadou délaissa le bas flanc de sa cellule pour aller s'installer dans un coin de lumière. Le soleil, déjà haut dans le ciel, commençait à entrer par la fenêtre. Il fit glisser lentement son mètre quatre-vingt-dix tout en muscles le long du mur, s'accroupit et se prit la tête entre les mains. La douce chaleur qui l'enveloppait lui rappela son cher pays.

Là-bas Mamadou se levait à l'aube, bien avant Kardiatou son épouse, sa mère et sa jeune sœur. Il sortait de chez lui, s'asseyait sur les marches de la terrasse en rondins et attendait que les premiers rayons du soleil illuminent les champs alentours. À cet instant il récitait à voix basse une courte prière adressée pêle-mêle à Dieu, ses ancêtres et à quelques forces mystérieuses souvent invoquées par son père. Il priait pour que la nature, ce jour naissant, lui permette de nourrir correctement sa famille.

Le rituel accompli, Mamadou partait aux champs cultiver le sorgho. Sur le coup de midi, la chaleur devenait insupportable. Il mettait sa barque à l'eau, déployait ses filets pour pêcher savourant jusqu'au soir la fraîcheur émanant du fleuve.

La vente du poisson à l'étal au marché de Matam lui permettait de ramener quotidiennement un peu d'argent, de retrouver ses amis pêcheurs. Il rentrait chez lui, épuisé mais plutôt heureux. Cette vie proche de la nature lui convenait.

Durant l'été 1930 Kardiatou mourut d'une forme aggravée de paludisme et sa jeune sœur quitta la maison pour suivre son futur époux à Saint louis. Mamadou insista pour la doter. Il vendit ses deux malheureuses vaches. Deux mois plus tard, quand sa vieille mère mourut, il se retrouva seul à la maison. Le mauvais sort s'acharnait : une pêcherie moderne tenue par des Français s'installa à proximité, la pêche locale ne put faire face à la concurrence. Mamadou avait de plus en plus de mal à garnir son étal au marché. Deux années de sècheresse plus tard le rendement de son lopin de terre diminua. La précarité généralisée poussait les gens à quitter le village. Comme beaucoup Mamadou commença à avoir envie de tenter sa chance ailleurs. Plus rien ne le retenait…

Un beau matin de 1931 il quitta le village après avoir enfourné au fond de son sac un pull-over, quelques provisions, ses maigres économies, ses papiers, le couteau à manche nacré que lui avait offert son père et une photo de sa défunte épouse. La veille de son départ il avait convenu avec ses voisins nécessiteux que, s'il n'était pas revenu dans les quinze jours, ils pourraient s'approprier ses ustensiles de cuisine et le peu de mobilier qu'il possédait. Il ne lui restait plus qu'à se poster à un carrefour, le pouce levé. Un négociant de Matam le reconnut et le conduisit jusqu'au quai au charbon, au cœur du port de Dakar.

Mamadou n'avait aucun plan précis. Il espérait trouver une combine pour s'embarquer clandestinement en direction de la France, quitte à soudoyer un membre d'équipage. Cette pratique fonctionnait assez bien si on multipliait les contacts, si on se montrait patient et prudent car la police maritime veillait. Mamadou décida qu'il ferait dès le lendemain le tour des bistrots que fréquentaient les matelots de passage, les pêcheurs et les dockers. En attendant, ce premier soir, il erra comme une âme en peine dans le port, dormit, planqué derrière des caisses, recouvert de vieux cartons car les nuits étaient fraîches.

Il vécut dans ces conditions difficiles une semaine interminable, se nourrissant le plus souvent de fruits qu'il fauchait dans les hangars ; ses provisions s'épuisaient. Les multiples tentatives auprès des personnels navigants s'avéraient infructueuses et ses déambulations incessantes sur les quais commençaient à intriguer. Le doute s'installait dans son esprit. Il n'avait aucune envie de rejoindre la foule des miséreux survivant tant bien que mal dans les bas quartiers du port de Dakar. Il songea même à rentrer chez lui.

Son destin bascula le matin du 7 Avril. Mamadou avait repéré l'agitation fébrile qui régnait sur le quai principal où était arrimé depuis la veille le *Groix*, un beau steamer des Chargeurs Réunis dont le port d'attache était Le Havre.

Une noria de camions allait et venait tout le long du quai. Une main d'œuvre occasionnelle chargée de sacs de provisions faisait des allers-retours au petit trot entre les cuisines et le quai par une étroite passerelle qui pliait sous la charge. Une autre passerelle métallique était réservée à l'embarquement d'une cohorte de tirailleurs sénégalais encadrés d'officiers gueulards, une troisième aux passagers : femmes élégantes accompagnées de leurs conjoints, des colons pour la plupart, vêtus de blanc, shorts, chemisettes légères et panamas. Tout ce petit monde était assisté moyennant quelques pièces de porteurs exténués. Le long des entreponts des matelots affairés couraient dans tous les sens pendant que les cales engloutissaient d'immenses filets remplis de marchandises. Les grues des portiques, en perpétuel mouvement ajoutaient au spectacle, exécutant leur ballet infernal dans un bruit de ferraille ponctué par les coups de gueule des dockers à la manœuvre. Mais les curieux agglutinés sur le quai n'étaient pas au bout de leurs surprises. La grille d'accès aux quais s'ouvrit soudain. Un convoi de remorques chargées de cages vint se mêler au capharnaüm existant. Une ménagerie apeurée occupait les cages : lions et léopards rugissants, antilopes, babouins criards accrochés aux barreaux. Un type rafraîchissait à grands coups de seaux d'eau hippopotames et tortues marines.

Les manœuvres d'embarquement de la ménagerie se firent au sifflet, dans un climat de confusion et d'énervement permanent.

Mamadou observait. Il avait repéré la zone portuaire réservée à l'embarquement de la main d'œuvre africaine. L'accès à cette zone, délimitée

31

par de hauts grillages, était contrôlé par deux gardes mobiles débordés dont la mission, matraque à la main, était de vérifier les laissez-passer, de fouiller les modestes bagages avant de laisser les gens monter à bord. Les deux types s'acquittaient de leur tâche difficilement sous la pression des Africains qui se bousculaient en brandissant leurs papiers. Mamadou comprit qu'il y avait un coup à jouer. Il savait pourquoi ces Africains embarquaient…

La veille, un vieil homme était venu lui demander s'il pouvait s'asseoir à ses côtés sur son banc. Il avait la même dégaine que son père et sûrement la même histoire car il arborait fièrement au revers de sa veste élimée le ruban de la croix de guerre avec palme.

Mamadou se leva, en signe de respect envers l'ancien combattant de 14-18 et le pria de s'asseoir.

- Tu sais où il va ce rafiot ? lui demanda l'ancien en pointant le *Groix* avec sa canne.,

- Non, monsieur, aucune idée…

- Il va en France, au Havre.

- Comme beaucoup de bateaux en partance de Dakar…

- Oui, mais celui-là est particulier. Il embarque toute une Afrique de pacotille pour faire plaisir aux touristes : des gens, des animaux, des décors en toc pour participer au grand cirque de l'Exposition Coloniale[12] à Paris. Ça vient de tout le continent :

---

[12] Inaugurée le 6 mai 1931

du Sénégal, de Madagascar, du Cameroun, Togo, Congo Belge ! Tu te rends compte mon gars ! À Vincennes ils vont créer un zoo exotique. Vincennes je connais, j'y ai fait mes classes avant de partir en Argonne.

Les gens que tu vois là, entassés près des docks, ils ont été embauchés comme figurants. Ils embarquent pour épater les Parisiens. Ils vont faire les guignols, danser nus comme des vers, avec juste un pagne et de la peinture sur la figure ! On va les déguiser en sorciers, leur faire jouer les anthropophages !

Mamadou ne put s'empêcher de rire...

- Dommage que les listes soient closes, tu aurais pu signer, gagner de l'argent, voir du pays et peut-être même serrer la main de Gaston Doumergue le président des Français !

Renseigne-toi il n'est peut-être pas trop tard... Allez bonne chance ! Dis-moi mon garçon, tu as l'air fatigué. Tu as cassé la croûte au moins ? Le vieux lui fit cadeau de deux boites de sardines et d'un quignon de pain avant de prendre congé.

Mamadou attendit que la foule des figurants se presse devant le point d'embarquement avant de se décider à bouger. Son sac en bandoulière il joua des coudes, se fraya tant bien que mal un passage jusqu'aux gardes qui, sous la pression de la foule avaient reculé de trois bons mètres. Mamadou avançait en brandissant ses papiers à bout de bras misant sur le fait que le garde le plus proche et le plus énervé ne vérifiait pas grand-chose. Au fond, il

33

était persuadé que sa tentative échouerait et qu'il finirait la journée au poste… Arrivé devant le type en uniforme il fut pris d'une soudaine inspiration et lui marcha sur le pied. À priori la manœuvre n'était pas géniale pourtant elle fonctionna…L'autre concentra toute son attention sur ses orteils endoloris, Mamadou se confondit en excuses, lui prit le bras pour l'aider à garder son équilibre, montra ses papiers tout en continuant à avancer. *Ça passe ou ça casse* se dit-il… Bingo ! Le garde, en grimaçant, lui fit signe de circuler…

À bord, Mamadou, mêlé aux figurants s'appropria une couchette dans l'espace commun, réussit à prendre quelques repas au réfectoire même si des contrôles à l'entrée l'obligèrent souvent à rebrousser chemin. Heureusement il fit la connaissance d'un aide-cuistot d'origine sénégalaise qui lui donna des provisions quand son estomac criait famine.

Mamadou débarqua au Havre le 15 mai 1931. Il apprendra plus tard que deux autres jeunes Sénégalais avaient tenté avec succès l'aventure de l'embarquement clandestin sur le *Groix*. Le pied à peine posé sur le sol français Mamadou fût contrôlé par la police maritime et arrêté. Il passa son premier mois au Havre à la prison de la rue Lesueur. C'est dans cette même prison que dix ans plus tard, en septembre 1941, accusé de meurtre, il serait de nouveau incarcéré.

7

Quand François Le Pellec subissait une augmentation de son niveau de stress certaines petites manies gestuelles, tel le tressage de poils d'un sourcil annonçaient l'imminence du « coup de gueule ». Observant le phénomène, l'inspecteur Poirier, tout ouïe, interrompit le classement de ses dossiers…

- Tiens Henri, j'ai retrouvé mes notes sur les *artificiers noirs* ! Clandestins ou pas, tout le monde s'en fiche quand il s'agit de trouver des volontaires pour désamorcer les bombes ! Tu avoueras qu'on a un service municipal peu banal composé d'Africains clandestins, formés par des militaires ! Le règlement c'est le règlement mais seulement quand ça nous arrange ! Ces gens risquent leur peau au service de la population alors qu'ils sont théoriquement passibles de prison, cherchez l'erreur ! Une simple régularisation, s'ils survivent à la guerre, voilà ce qu'ils espèrent…C'est la moindre des choses non ? Cette histoire me révolte !

François feuilleta son carnet réclame :

- Lis ce passage au sujet de Mamadou Seck…

Henri et François avaient entrepris de casser la croûte ; l'inspecteur avait dégoté pour pas cher un assortiment de charcutaille dans une ferme des environs lors d'une enquête sur un vol de porcins. François posa par inadvertance un index enduit de pâté de foie sur la page qu'Henri lut à haute voix :

Seck Mamadou : réside au quartier saint François depuis 1931, a travaillé successivement comme manœuvre dans le bâtiment, docker occasionnel puis a navigué au long cours : soutier, cuistot, aide mécanicien. En septembre 39 il veut s'engager dans la marine nationale ; dans son village, tous les anciens ont servi pendant la guerre de 14-18. Comme il n'est pas inscrit sur les registres municipaux les autorités ne veulent pas de lui dans l'armée. On lui propose une formation de démineur/artificier, lui laissant miroiter une possible régularisation de sa situation. Mamadou maîtrise rapidement les techniques. Non seulement il donne satisfaction mais il réussit à convaincre un groupe d'Africains de s'engager avec lui dans le déminage. Il débute en tant qu'auxiliaire et prend rapidement du galon...

Un brave type ce Mamadou, travailleur, courageux …

- Elle en a sauvé des vies *l'équipe de la mort* depuis un an ! Reprit François. Même les Allemands reconnaissent sa compétence. Tu imagines Mamadou suriner une pauvre fille ? Je suis sûr que son casier judiciaire est vierge depuis 1931...

- Exact, j'ai vérifié.

Henri entreprit de rouler une cigarette qu'il alluma avec un briquet hors d'âge ; des émanations d'essence envahirent la pièce. Il souffla sur le carnet de notes parsemé de brins de tabac avant de le rendre au journaliste, puis marqua une pause :

- Ce qui me gêne c'est le pédigré des accusateurs : dans le rôle d'enquêteur en chef on trouve le commissaire Mariani, collabo notoire qui flirte avec la Gestapo, dans celui du témoin principal, le tenancier Georges Franju. Or, cet individu, indic patenté du même commissaire est un proxénète bien connu sur la place du Havre.

Quand Mariani m'a demandé de faire arrêter le Sénégalais il était surexcité... Pour un peu il aurait fallu aller le chercher au fond du trou de bombe où il bossait pour le menotter plus vite !

- Il faut faire quelque chose Henri...

- En pleine guerre quand les citoyens meurent par centaines sous les bombes difficile de mobiliser l'opinion sur le sort d'un malheureux clandestin...

- Et ceux qui sont chargés de faire respecter la loi...de l'occupant...On les connait ; où se situe un Africain sur l'échelle de référence raciale du Nazi de base ou de son sympathisant ?

- Quant à la victime, reprit Henri : une prostituée... Que vaut la vie d'une prostituée de nos jours dans le bréviaire *Travail Famille Patrie* des admirateurs du Maréchal ?...

Henri eut un renvoi d'ail. Il savait pourtant qu'il devait rester calme sous peine d'avoir de gênantes régurgitations acides :

- ... Malheureusement cette affaire va être rondement menée : les flics ont identifié l'arme, elle appartient au Sénégalais, des témoins l'ont vu descendre, à l'heure du crime, l'escalier conduisant à la chambre de la victime.

- Difficile d'être dans une situation plus désespérée. Pourtant je reste persuadé qu'il n'a rien à voir avec ce crime...

- Le dossier est quasiment bouclé, même s'il n'a pas avoué. Bon, excuse-moi mon vieux, une journée chargée m'attend...

- Tu devrais te pencher sur cette histoire Henri. Interroge Mamadou en douce pour te faire une idée…

- Ma priorité est d'organiser un groupe de résistance au sein de la police normande. Avec Mariani et sa clique sur le dos tu imagines le chantier... Malheureusement cette histoire de crime reste un fait divers. Si je me fais repérer par ma hiérarchie en me montrant trop curieux, je compromets nos chances de réussite...

- Les affaires criminelles ne sont habituellement pas du ressort de Mariani. Reprit François. Son boulot c'est plutôt la chasse aux Juifs. Il faut comprendre ce qu'il mijote, dans l'intérêt du réseau. Un jour ce type devra répondre de ses actes. Il est de notre devoir d'alimenter le dossier à charge... Et si en plus on peut aider un innocent à sortir de tôle…

L'inspecteur crayonna un bon moment sur un exemplaire vierge de procès-verbal pour se donner le temps de la réflexion... Il était exact qu'il devait garder Mariani sous surveillance. Comprendre ses magouilles pourrait lui permettre de mieux protéger le réseau. Quand Henri eut terminé son dessin représentant le naufrage d'un chalutier au large de l'île d'Ouessant, il se décida à répondre :

- D'accord, je vais mener une enquête parallèle, discrètement, Mais je te préviens, nos chances d'aboutir sont minces. Même si je prouve le vice de procédure, ce n'est pas ce qui arrêtera Mariani ; il est comme chez lui à la Kreis Kommandantur…

… Il est absent cet après-midi. Je vais en profiter pour interroger le Sénégalais.

- Je peux assister à l'interrogatoire ?

- Tu plaisantes…

- Pas en tant que journaliste ballot, mais en tant que camarade de réseau ! discrétion assurée, cela va de soi. Si je parle un jour de cette histoire ce sera dans le livre témoignage que je publierai après la guerre !

D'un air un peu las, Henri lui fit signe de le suivre.

8

Henri Poirier était convaincu que le flic en uniforme qui conduisit Mamadou jusqu'au bureau où devait se dérouler l'interrogatoire était un homme sûr. Il ne pouvait deviner que Mariani, le suspectant de sympathie pour la résistance, menaçait sa famille de représailles s'il refusait de tenir, à son profit, le rôle d'informateur.

Le flic ôta les menottes du prisonnier avant de s'éclipser, il n'avait d'autre choix que de rapporter l'initiative d'Henri à son chef.

Le local ne disposait d'aucune fenêtre. Au mur, une vieille affiche jaunie dissimulait des tâches de moisissure :

Rencontre de gala le 30 octobre 1936 à 15 heures au Stade Municipal : le HAVRE ATHLETIC CLUB recevra le RED STAR, venez nombreux…

Une unique lampe sans abat-jour se balançait mollement au plafond éclairant par intermittence les mains embagousées d'un inspecteur au visage poupin. On se serait cru dans *Scarface,* le film d'Howard Hawks.

Depuis son arrestation, Mamadou n'avait encore jamais croisé le flic aux cheveux gominés assis face à lui. Son visage bienveillant éclairé par un demi sourire dépourvu d'ironie inspirait confiance, de plus son comportement ne laissait transparaître aucun signe d'agressivité. Mamadou reconnut le deuxième personnage, émergeant de la pénombre. L'homme coiffé d'un feutre marron orné d'un large ruban de soie noire l'avait interviewé l'an passé sur la mission des démineurs municipaux.

L'inspecteur Poirier fit les présentations. On était loin de l'ambiance tendue d'un interrogatoire classique :

- Monsieur Seck, je vais vous parler sans détour : la conversation que nous allons avoir doit rester strictement confidentielle et ne jamais parvenir aux oreilles du commissaire Mariani ; vous savez qu'au sein des forces de police les opinions divergent au sujet du pouvoir en place. Je suis ici pour reconsidérer votre dossier à condition que vous fassiez preuve de la plus grande franchise à mon égard.

Mamadou opina du chef. Une opportunité inespérée de s'expliquer s'offrait à lui.

François appuya les propos d'Henri :
- Il faudra faire confiance à l'inspecteur Poirier monsieur Seck et ne rien lui cacher. Après lecture du procès-verbal de mise en accusation il faut reconnaître que votre affaire est mal engagée !

- Je n'ai pas tué mon amie Madeleine monsieur l'inspecteur.

- Votre inculpation me semble, il est vrai, trop précipitée. Pourtant un locataire du troisième étage vous a vu sortir de chez mademoiselle Hauchecorne à l'heure présumée de son assassinat…

- Mais…

-… Et de la salle du bistrot, tous les clients présents ce matin-là vous ont vu dévaler l'escalier comme si le diable en personne était à vos trousses !

- J'étais pressé ! Je peux tout vous expliquer…

L'inspecteur Poirier offrit une Gauloise à son interlocuteur sans manifester aucun signe d'impatience et l'encouragea à poursuivre :
- Nous sommes là pour vous entendre…

41

- Ce jour-là, j'avais promis à mon collègue Sanaa de le rejoindre avenue Foch à 8h30. La mission consistait à désamorcer un gros calibre devant le square Jean Jaurès. Des témoins avaient vu la bombe tomber sur un chantier de travaux publics sans exploser. Il fallait la désamorcer au fond d'un trou : opération délicate qu'on voulait assurer, Sanaa et moi, sans exposer le reste de l'équipe...

- C'était à la suite du bombardement du garage Renault ?

- Tout juste... Je m'étais couché tard la veille. Ce matin-là mon réveil n'a pas sonné. J'ai ouvert un œil à 8 h 20. Je me suis habillé en vitesse, j'ai attrapé ma musette et me suis rué dans l'escalier. Je me disais qu'en coupant devant le théâtre par la place Gambetta je ne mettrais pas plus d'un quart d'œuvre pour rejoindre le chantier.

- Vous n'étiez pas à cinq minutes près tout de même ! Remarqua François.

- Compte tenu des risques je ne voulais pas que Sanaa commence le boulot tout seul.

Henri prenait rapidement quelques notes :

- Vous avez vu Madeleine dans l'escalier ?

- J'ai fait un tel raffut en déboulant que Madeleine a dû m'entendre. Elle m'attendait sur son palier. *Entre donc deux minutes !* M'a-t-elle dit. *J'ai quelque-chose pour to*i... Elle était souriante, décontractée... *Je n'ai pas le temps Madeleine...* Elle me répond : *Une minute suffira !*

- C'est à ce moment que quelqu'un vous a vu entrer dans son appartement ?

- Oui le voisin du troisième remontait chez lui avec sa miche de pain… Donc, j'entre et elle me tend un paquet avec un beau ruban. *Tiens, Mamadou, un petit cadeau…* Dans le paquet il y avait une casquette neuve.

Il faut dire que la veille on avait eu une conversation sur le climat normand. Je lui avais dit qu'ici j'avais souvent froid à la tête et que j'enchaînais les sinusites ! Elle était comme ça Madeleine, le cœur sur la main, c'est pour cette raison que je l'aimais bien… Donc, je la remercie et lui donne rendez-vous le soir à 18 h en terrasse pour lui payer un verre… Ensuite, j'ai dévalé l'escalier. Quand je suis passé devant la porte ouverte donnant sur le bistrot j'ai entendu Georges dire aux clients :

- Il a l'air bien pressé notre Mamadou…Vous ne trouvez-pas ?

Vous connaissez la suite. J'ai fait le boulot avec Sanaa. À peine sorti du trou je me suis fait cueillir par les flics.

- Et si on parlait de l'arme du crime Mamadou ? S'enquit Henri Poirier. Vous permettez que je vous appelle Mamadou…

- Bien sûr monsieur l'inspecteur.

Mamadou écrasa son mégot dans une boîte de pastilles Valda qui faisait office de cendrier.

- Ce couteau, c'est un cadeau de mon père, tout ce qui me reste de lui. Je l'ai toujours sur moi.

- Comment expliquez-vous qu'on retrouve votre couteau dans le cœur de Madeleine ? Remarqua François Le Pellec d'un air faussement détaché.

- Je suis sûr que dans la précipitation j'ai oublié le couteau chez moi, probablement sur la table de la cuisine…

Henri, attentif, triturait le bas de sa cravate :

- Un peu mince comme explication vous ne trouvez pas ?

- Avant de descendre dans le trou je me rappelle avoir regardé dans ma musette. J'avais bien mis le casse-croûte, mais pas le couteau !

- Admettons. Reprit le flic. Entreteniez-vous des relations tarifées avec la victime ? Madeleine était une prostituée n'est-ce-pas…

- Non, nous avions une vraie relation amicale. Je la connaissais depuis des années ma voisine. On était devenu très proches. On se rendait des services. De temps en temps elle avait des clients avinés qui faisaient du grabuge alors je descendais chez elle et je remettais de l'ordre. C'est pour elle que je le faisais. Un jour, je me suis empoigné avec Georges lui-même…

- Pour quelle raison ?

- Le patron, qui est aussi mon propriétaire, l'avait bousculée parce qu'elle ne voulait pas aller avec un Boche. Je lui ai éclaté le nez au Georges ! C'est un souteneur vous savez…

- On le sait… Il ne vous a pas mis dehors ?

- Madeleine l'a menacé d'aller travailler ailleurs s'il s'en prenait à moi. Georges a cédé…Je vous le répète, elle était comme une sœur pour moi. Le soir on se retrouvait au bar, pour casser la croûte ou boire un verre et on se racontait nos journées. *Entre immigrés il faut savoir s'entre aider*, elle disait : *Toi tu*

44

viens du Sénégal, moi de Pont-Audemer, on est tous les deux des étrangers ! Alors souvent elle me préparait ma gamelle quand on m'appelait en urgence. Elle va me manquer…

Henri Poirier réfléchissait. Il sortit de sa poche une boîte de cachous, déposa sur sa langue deux ou trois pastilles puis secoua vivement la boîte entre le pouce et l'index pour attirer l'attention ; il allait aborder un sujet majeur :

- Mamadou aviez-vous déjà croisé le commissaire Mariani avant votre arrestation ?

- Oui, je le voyais au bistrot. J'habite au-dessus, je passais mes soirées au bar à jouer aux cartes ou aux fléchettes, plutôt que de rester seul chez moi.

- Il venait souvent ?

- Deux ou trois fois par semaine, le soir. Georges et lui s'installaient toujours à la même table, au fond du bar.

- Ils discutaient ?

- Pas seulement, on aurait dit qu'ils faisaient des comptes. D'ailleurs ils envoyaient balader ceux qui s'approchaient trop près d'eux. Ils buvaient comme des trous le reste du temps ! Parfois Georges me demandait de prendre le volant de la Traction pour ramener le commissaire chez lui quand il était trop imbibé de Suze-Pernod.

Henri semblait de plus en plus intéressé :

- Mamadou, avez-vous remarqué de leur part d'autres comportements qui vous ont paru étranges ?

- Et comment ! Un jour je traversais l'arrière-cour derrière les cuisines ; je loue une petite dépendance

45

pour ranger mes outils. Georges et Mariani déchargeaient une camionnette débâchée. Elle était pleine de vieilles peintures encadrées et d'objets anciens. Quand Mariani m'a vu, il est devenu enragé : *dégage !* il m'a dit, *ferme ta gueule négro sinon tu es mort !*

9

Le commissaire Mariani observait avec intérêt l'animation de la rue depuis la fenêtre de son bureau. L'engouement de la population pour le marché improvisé qui se tenait régulièrement entre le Rond-Point et le commissariat de police y était pour beaucoup. Ce lieu de ventes et d'échanges était devenu incontournable aux yeux des Havrais par ces temps de restrictions. On y vendait les fruits et légumes des jardins ouvriers, les « pêcheurs à la tâte » écoulaient leurs excédents de crevettes, étrilles et bigorneaux même si le bétonnage de la côte par le génie allemand rendait l'exercice difficile. En six mois les conditions de vie de la population s'étaient considérablement détériorées. Les ménagères s'empressaient d'acheter les rares denrées alimentaires disponibles dans les épiceries. Les premiers arrivés étaient les premiers servis mais généralement il n'y avait pas de manifestation de mauvaise humeur devant les étals, les gens, traumatisés par la défaite, étaient tristes et résignés. Tout ce qui avait une quelconque utilité pratique pouvait se vendre ou s'échanger. Des monceaux d'objets hétéroclites jetés à la hâte sur des bâches encombraient les trottoirs. Les caves se vidaient : vaisselle, outils, pièces mécaniques, sommiers, meubles, linge, chaussures trouvaient preneur pour quelques pièces.

Mariani reluquait les femmes qui faisaient la queue devant l'épicerie en face du commissariat. Paniers à provisions à la main, elles attendaient patiemment leur tour sans trop savoir ce qu'elles trouveraient une fois franchi le seuil de la boutique.

Soudain une sorte de frémissement parcourut la file d'attente. Une cariole tirée par un cheval venait de s'arrêter devant l'entrée, deux employés déchargeaient quelques cartons. La rumeur s'amplifia.

Mariani entrouvrit la fenêtre pour écouter ce que les femmes racontaient :

- *Du beurre, il parait qu'il y a du beurre !*
- *Pour tout le monde ?*
- *Du beurre ou de la margarine ?*
- *Je n'en sais rien, préparez vos tickets…*
- *Vous êtes sûre ?*
- *C'est le gars qui décharge la cariole qui l'a dit…*

Mariani referma la fenêtre, se rua dans le couloir et alerta le planton :

- Duval, dit-il en sortant un billet de son portefeuille, vous filez à l'épicerie d'en face et vous nous ramenez une motte de beurre…Pas la peine de faire la queue…Et ne payez pas plus de cinq francs, c'est compris ?
- C'est que…Chef…C'est délicat…
- Arrêtez votre cirque Duval, on est prioritaire, dites à l'épicier que vous venez de ma part.

Le commissaire, d'un geste machinal, caressa ses moustaches et, l'air satisfait, s'installa à son bureau.

José Mariani était considéré par la plupart de ses collègues comme un sale con mais il n'en avait strictement rien à faire.

Paul, son industriel de père, un notable niçois influent, militait chez les *Croix de Feu*[13]. Il recevait régulièrement à sa table son leader charismatique, le colonel de la Rocque. Grâce à un réseau de relations efficace la famille Mariani disposait de tous les appuis nécessaires permettant de faire carrière. Seul José, le fils cadet de Paul, incapable notoire, paresseux chronique, renvoyé de tous les établissements scolaires, restait sur la touche. De plus, en prenant de l'âge, José avait développé une fatale addiction à la cocaïne et au jeu. Sa capacité à s'attirer des ennuis graves prit d'inquiétantes proportions quand il fut approché par la grande délinquance issue du monde des casinos et du trafic de stupéfiants.

En 1932 José passa du statut de consommateur de drogues à celui de trafiquant. Il ne se fit jamais prendre par la police mais se trouva impliqué dans des histoires de règlements de comptes entre bandes rivales qui lui valurent un méchant coup de barre de fer sur une rotule pour cause de dettes. Une fois de plus le paternel intervint. Il épongea les dettes mais exigea de son fils qu'il suive des cours de droit dans une institution privée en attendant que le colonel de la Rocque ne lui trouve un emploi. Quelques mois plus tard José intégrait l'organigramme des *Croix de Feu* en qualité de membre permanent du service d'ordre. Ce service

---

[13] Association d'anciens combattants de la grande guerre puis organisation politique nationaliste

était essentiellement composé d'anciens flics qui l'incitèrent à se présenter à un concours d'admission de la police en quête de nouvelles recrues. On ne sut jamais si les chaudes recommandations du colonel l'aidèrent à se qualifier, toujours est-il qu'en 1936 José Mariani prit la direction du Havre en qualité d'inspecteur stagiaire à condition d'accepter au préalable de faire ses classes à la circulation durant quelques mois.

Le père Mariani aimait l'ordre. Quand il vit José en uniforme il se pâma d'aise. Toute personne au service de l'état portant un uniforme le rassurait qu'il soit flic, militaire, garde champêtre ou facteur. Il savait que le besoin de rigueur, la pression d'une hiérarchie exigeante serait salutaire pour son fils, adepte convaincu de la bronzette et des siestes à rallonge. Il le somma donc de s'investir à fond dans ses nouvelles fonctions s'il voulait voir un jour la couleur de l'héritage.

José aurait eu du mal à situer précisément Le Havre sur une carte Michelin. Cependant, il n'avait d'autre choix que de quitter le doux rivage méditerranéen pour la Normandie située là-haut, dans le nord, à la limite des steppes glacées du plateau continental scandinave.

De 1936 à 1939 aucun chef de service des quatre commissariats du Havre ne voulut s'encombrer à plein temps de l'inspecteur Mariani tellement il faisait preuve d'une motivation frisant le zéro absolu. Les commissaires se coltinaient le boulet protégé par ses appuis politiques, à tour de rôle.

Le salaire de José ne lui permettait pas de mener la grande vie pourtant, peu à peu, ses habitudes de noceur reprirent le dessus. L'inspecteur, en dépit d'une légère claudication due à sa rotule fracassée présentait bien et multipliait les conquêtes féminines. Le beau brun au visage taillé à la serpe, fine moustache, teint mat, toujours vêtu avec recherche, était connu dans tous les troquets de Saint-François pour ses costards à rayures, ses cravates en soie et son baratin méridional. Peu à peu, protégé par sa carte de police, il s'autorisa quelques libertés allant jusqu'à rendre de petits services aux caïds locaux moyennant de confortables pourboires. José abordera la période de l'occupation avec un comportement opportuniste bien ancré, conforme à son tempérament et la volonté farouche de se venger d'une hiérarchie qui l'avait souvent réprimandé.

Le 10 mai 1940 les bombardements allemands s'amplifient. Le 11 juin la Wehrmacht triomphante est aux portes du Havre. Les habitants fuient massivement par la route et par la mer. Le Niobé[14] qui transporte des réfugiés est coulé. La nouvelle de cette catastrophe alimente la panique d'une population aux abois.
Le 15 juin le Maréchal Rommel, tiré à quatre épingles, mains gantées, chaussé de bottes

---

[14] Cargo minéralier chargé de munitions se rendant à Caen. On évalue à 1000 le nombre des victimes

rutilantes, admire le panorama qui s'offre à lui depuis l'hôtel Dufayel[15]. Cigarette au bec, les yeux fixés sur l'horizon il affiche un sourire satisfait. L'Angleterre est là, presque à portée de canon. Rommel est raisonnablement optimiste ; il commande la meilleure armée du monde qui vient d'infliger aux franco/anglais, à Dunkerque, un avant-goût de la défaite totale qu'ils vont subir. Les îles britanniques réputées imprenables seront bientôt à sa merci.

Ce même 15 juin un Feldwebel de la Wehrmacht pousse la porte du commissariat de police du Havre. Une bordée de guerriers, blondins éructant armés jusqu'aux dents, investit les lieux. Le commissaire en place refuse de les recevoir et dépêche le premier pékin qui lui tombe sous la main pour s'en charger. C'est ainsi que Mariani se retrouve seul face à l'armée allemande et qu'il a une sorte de révélation… Après ce chaos rien ne sera plus jamais comme avant, les cartes sont redistribuées. José Mariani, depuis longtemps, a appris à nager en eaux troubles. Et si son heure était arrivée ? Il affiche un sourire engageant, serre la main du Feldwebel et lui propose aimablement de visiter les locaux…

L'adhésion des forces de l'ordre à la politique de Pétain représentait pour les partisans de la *Révolution*

---

[15] Immeuble néoclassique construit en 1911

Nationale un enjeu majeur. Régénérer la France, la débarrasser des « métèques », l'engager dans la voie de la collaboration avec l'Allemagne nazie ne se ferait pas sans résistance. Il était indispensable pour le régime de disposer d'une police d'une fidélité sans faille.

Mariani vit tout de suite le parti qu'il pourrait tirer d'une telle situation. Son intérêt lui dictait naturellement de prouver son zèle à une hiérarchie remaniée au service des vainqueurs. Dans ce nouveau monde, on ne lui demanderait plus de démontrer ses qualités d'enquêteur dans le but de protéger la société mais seulement d'obéir. Pour la première fois de sa vie José se mit sérieusement au travail. Cette situation lui convenait. Il gagna rapidement du galon et pas mal d'argent.

10

À l'aide d'un miroir de poche Mariani s'assura qu'il ne lui restait rien entre les dents du sandwich qu'il venait d'ingurgiter puis entreprit d'égaliser sa fine moustache à l'aide d'une paire de ciseaux rangée dans son plumier.

Pourquoi Henri Poirier avait-il éprouvé le besoin de s'entretenir avec Mamadou Seck malgré ses ordres ?

Qu'avait-il derrière la tête ? Henri Poirier l'avait tellement énervé, avec ses grands airs, quand il était son supérieur hiérarchique lui rappelant sans cesse son sens du devoir que José décida de passer à l'offensive sans plus attendre.

Henri Poirier eut l'impression que Mariani, les talons calés sur les pieds de son fauteuil façon starting-block allait lui sauter à la gorge. La bouche vilainement tordue le nouveau chef éructa :

- Vous vouliez me faire un petit dans le dos Poirier ? J'avais cru être clair ! Je tiens à m'occuper personnellement de cette affaire…. Si j'avais eu besoin de vous je vous aurais sonné ! Pourquoi vous êtes-vous senti obligé d'interroger le prisonnier ? Pour commencer je vous colle un blâme ; tolérer la présence d'un journaliste lors d'un interrogatoire est une faute professionnelle ! Vous m'avez assez bassiné avec le respect du règlement quand j'étais stagiaire ! Si je vois dans la presse le moindre commentaire sur l'affaire je vais vous en faire baver !

Mariani se leva brutalement, son fauteuil à roulettes percuta le mur. Il tapota de l'index la poitrine d'Henri, le défiant du regard :

- Je vous conseille d'être convaincant Poirier, expliquez-moi…

Henri essuya du dos de la main sa joue couverte de postillons. Le gardien avait cafardé, il n'avait d'autre choix que de faire profil bas et de laisser passer l'orage…

- Je reconnais que j'ai eu tort commissaire. Le journaliste avait rencontré Mamadou Seck lors d'un

54

reportage l'an passé. Il m'a demandé s'il pouvait le voir afin de lui remonter le moral. Il faut reconnaitre, le Sénégalais est sympathique et dévoué, mais je n'aurais jamais dû accepter la requête de Le Pellec...

Henri marqua une pause en fixant le bout de ses croquenots puis, mentant effrontément il reprit :

- Rassurez-vous, je ne suis pas entré dans les détails de l'affaire lors de la rencontre. Le Pellec et moi on s'est contenté de donner quelques conseils au prisonnier, du genre : ne rien cacher à la police, jouer franc-jeu, c'est tout...

Sous l'effet de la colère le visage de Mariani vira au jaune pâle, nuance pastis :

- J'espère pour vous que vous ne me cachez rien inspecteur. C'est fini le temps du fonctionnariat pépère. Aujourd'hui on est en guerre et je suis du côté de ceux qui sont en train de la gagner... Un coup de téléphone de ma part Poirier et vous êtes viré sans délai. Ce ne sont pas vos bonnes notes de l'ancien régime qui vous aideront. On a remis les compteurs à zéro. Je veux bien vous donner une dernière chance mais il faut que vous arrêtiez de traîner des pieds, de chicaner pour tout et rien, que vous ne fassiez plus preuve d'empathie envers les juifs, cela transpire dans vos remarques inspecteur sans même que vous vous en rendiez compte...

José se tapa sur les cuisses avant de conclure :

- Je ne veux plus vous trouver dans mes pattes Poirier, vous avez intérêt à filer droit...

Henri remonta à grand pas le couloir qui conduisait à son bureau. Il n'avait plus les moyens de se disperser. Si Mariani le démasquait c'était le peloton assuré. L'expression innocente du visage de Mamadou Seck lui revint à l'esprit. Il eut du mal à se replonger dans l'étude de ses dossiers.

11

Au *Petit Havre* François Le Pellec était soumis à un emploi du temps serré. La matinée était consacrée à la visite des différents services susceptibles de lui fournir les informations nécessaires à l'édition du lendemain : Kreis kommandantur, commissariat de police, sous-préfecture et services municipaux. En début d'après-midi il s'attelait au brouillon de son article du jour complété par des bilans chiffrés, suivaient les consignes, conseils et mises en garde adressés aux Havrais. Ces articles, particulièrement suivis par la population, aidaient les familles à organiser leur vie quotidienne perturbée. Vers dix-sept heures François assistait à la réunion de synthèse de la rédaction à l'issue de laquelle le comité de direction décidait de ce qui serait retenu pour l'édition du lendemain. S'il s'agissait d'un thème neutre il finalisait sa copie, la remettait à Simon puis vérifiait la maquette avant la mise sous presse. Si le sujet nécessitait, d'après sa hiérarchie, un « enrobage idéologique » François confiait son article, sans le signer, à un éditorialiste politique qui l'exploitait selon le crédo vichyste en vigueur.

La politique de collaboration s'intensifiait. La direction du journal procéda à un tri au sein de ses effectifs. Seuls les éléments clairement favorables à la politique du maréchal Pétain furent conservés. François Le Pellec faisait figure d'exception. Ne s'exprimant jamais clairement sur les sujets sensibles, il réussit néanmoins à passer au travers des purges parce que sa hiérarchie avait besoin de lui. Elle appréciait sa parfaite connaissance des administrations, son sens inné du contact, ses relations, sa bonhomie naturelle qui lui permettaient de ramener au journal un maximum d'informations en un minimum de temps. François Le Pellec était devenu indispensable au bon fonctionnement du journal.

Le soir, après le travail, il restait du temps à François alias *Crassus* pour remplir la mission assez particulière que lui avait confiée le réseau, à savoir, se transformer en psychologue/détective et analyser le comportement des Français qui, dans les sphères dirigeantes, collaboraient activement avec l'occupant. C'est pour cette raison qu'il s'était particulièrement intéressé au cas du commissaire José Mariani. Parmi les collaborateurs notoires, il s'agissait de repérer ceux qui pourraient un jour changer de camp si le vent tournait. Il serait alors temps, sous peine de représailles de les contraindre à fournir du renseignement stratégique aux alliés. Il convenait ensuite d'instruire à charge contre les opportunistes et autres magouilleurs profitant de la situation pour réaliser de scandaleux bénéfices. Ceux-là devraient un jour s'expliquer devant les tribunaux. Après-guerre il proposerait un témoignage documenté dévoilant les responsabilités de chacun dans cette suite d'évènements dramatiques qui avaient endeuillé sa ville.

Par ailleurs, François consacrait le reste de son temps libre à courtiser la ravissante Suzanne, la fille de Simon Fontaine, le chef d'atelier.

François s'engagea sur le pont du bassin du Commerce. De cet endroit il aimait contempler la perspective donnant sur la place Gambetta. Ce jour-là le dôme du majestueux théâtre était couronné d'un halo étrange ; après les gros orages une brume de chaleur enveloppait par nappes la ville tout entière. Les voiles des petits caboteurs encore visibles, sagement alignés le long des quais, déclinaient toute une gamme de tons chauds. Sur les ponts les cuivres rutilaient. Des drapeaux multicolores de toutes tailles flottaient fièrement à l'extrémité des mâts. On aurait pu croire que les bateaux s'apprêtaient à participer à la rituelle bénédiction de la mer. En réalité, depuis le début de l'occupation, monsieur Hitler avait réquisitionné tout ce qui pouvait flotter dans l'intention d'envahir l'Angleterre.

Au-delà de la place Jules Ferry, alors que le Palais de la Bourse s'estompait à son tour, une intense lumière argentée transperça la brume épaisse. Subitement les façades claires des beaux bâtiments bordant le quai Georges V s'illuminèrent. François s'arrêta un peu pour profiter de l'instant. L'ambiance, le cadre, lui rappelaient un souvenir heureux. Au même endroit, deux ans auparavant, dans un Havre de paix, il avait embrassé Suzanne pour la première fois.

Le claquement cadencé des bottes allemandes le ramena à la triste réalité. Une patrouille s'engageait sur la passerelle. François s'appuya contre la rambarde et observa les vainqueurs. Attifés d'uniformes vert de gris défraîchis les bonshommes avaient l'air crevés. L'Oberfeldwebel qui les commandait était à l'image de sa troupe. Il s'évertuait à garder un air martial malgré son ventre de buveur de bière. À voir l'allure pitoyable des Germains le moral de François aurait pu remonter d'un cran s'il n'avait pas été tenaillé par une impérieuse envie de fumer. Il prit donc la direction du quai de Southampton et du *café d'Honfleur* où d'après ses sources, on trouvait encore du tabac puis il se rendrait *Chez Georges,* quartier Saint François, pour tenter de glaner quelques renseignements auprès des consommateurs au sujet de l'affaire.

François comprenait la position d'Henri Poirier ; il lui était impossible, compte tenu de ses responsabilités dans la résistance, de mettre son nez dans une affaire pilotée par Mariani, mais lui, en tant que journaliste expérimenté, savait aussi mener une enquête. L'enquête était même la base de son travail. Il allait donc s'intéresser de près au meurtre de *Saint François* et informerait l'inspecteur Poirier de l'évolution de ses investigations. Mariani, un des pires collabos de la place du Havre, était bien sûr dans sa ligne de mire mais ce n'était pas son unique motivation. Il avait été convaincu par la version des évènements donnée par Mamadou Seck. Il fallait du sang froid pour désamorcer des bombes à dix mètres sous terre, il ne pouvait envisager que Mamadou ait perdu les pédales au point de trucider sa voisine et amie à l'heure du petit déjeuner…

François n'oubliait pas non plus qu'il était l'auteur d'un article à la gloire des troupes noires ayant versé leur sang pour la France en 14-18 et qui, de nouveau, avaient été appelées pour s'opposer aux envahisseurs Allemands. Au même titre que les militaires il considérait que le Sénégalais contribuait à la défense du territoire et ne pouvait être considéré comme un citoyen de seconde zone, même si ses papiers n'étaient pas en règle …

François était un enfant de l'assistance publique. L'éducation laïque et universaliste qu'il avait reçue de ses parents adoptifs, instituteurs à Morlaix, authentiques *hussards de la République,* l'influençait encore dans ses prises de position.

12

En 1941, malgré l'occupation, Saint-François, quartier populaire par excellence, conservait une réelle activité. Le petit commerce : épiceries, crèmeries, merceries et autres détaillants en bois et charbon fonctionnait. Le tressautement sur les pavés disjoints des roues cerclées d'acier des charrettes à chevaux, moyen de transport pratique pour approvisionner les boutiques, provoquait un brouhaha permanent propre au quartier. Les immeubles anciens aux façades recouvertes d'ardoises cachaient des arrière-cours moussues, livrées aux herbes folles, encombrées d'appentis et de clapiers à lapins. Le linge séchait dans les moindres recoins. L'étroitesse des rues permettaient aux habitants de discuter d'un immeuble à l'autre penchés à leurs fenêtres. L'été ils disposaient des chaises sur les trottoirs pour respirer un peu d'air frais et passer la soirée entre voisins. Les gamins jouaient au ballon jusqu'au soir, piaillaient et se poursuivaient dans les ruelles. Parfois les parents étaient obligés de leur courir après pour les ramener à la maison.

Les habitants de Saint François, comme partout, avaient connu l'exode en juin 40 mais, attachés à leur quartier, beaucoup, au fil des mois, avaient réintégré leur domicile. Ils exerçaient de modestes professions. La plupart des femmes étaient repasseuses, lingères, serveuses ou remmailleuses de filets, les hommes pêcheurs, marins de commerce ou manutentionnaires.

Saint-François avait une réputation de « quartier chaud » à cause du grand nombre d'établissements favorisant les rencontres. Cafés, bars restaurants, petits hôtels et brasseries se succédaient attirant traditionnellement des marins au long cours de toutes les nationalités. En 1941, ces établissements restaient encore, malgré les raids aériens, des lieux de convivialité appréciés pendant les créneaux horaires d'ouverture autorisés par les Allemands.

Installé *Chez Georges* François se positionna de manière à avoir une vue panoramique sur l'ensemble de la clientèle. Il commanda un verre de vin rouge à une grande fille à la mine de papier mâché, épuisée par la tâche. La serveuse s'échinait à passer la serpillière sur un carrelage noir et blanc à la planéité discutable avec l'espoir insensé de lui redonner un peu d'éclat.

Georges, le patron, avait installé autour du troquet des miroirs d'au moins deux mètres sur deux, de style art-déco, ce qui agrandissait l'espace à l'infini. Les tables rustiques étaient équipées de pyrogènes et de grands cendriers recouverts de réclames colorées. François s'habitua peu à peu au brouhaha : résonnances, éclats de voix, couinement des chaises sur le carrelage pourtant il sursauta quand un étrange volatile de bois peint expulsé d'un coucou suisse émit en rafales des tintements inattendus.

Quand un nouveau client franchissait le seuil du bistrot son œil était d'abord attiré par deux pièces remarquables : un bar imposant équipé de tabourets aux pieds chromés et d'un crachoir en cuivre plus un élégant billard à l'ancienne généreusement éclairé sur lequel les habitués se livraient à des parties de carambole[16] effrénées.

Par une fenêtre François apercevait la cour donnant sur les cuisines. C'est sûrement dans cette cour que Mamadou Seck avait été menacé par Mariani occupé à décharger un lot d'objets d'art.

À gauche du bar, par la porte entrouverte, le journaliste repéra l'escalier permettant d'accéder aux chambres du garni. François vit soudain deux jeunes femmes le dévaler en s'interpellant. Sans doute exerçaient-elles la même profession que Madeleine pour le compte du bistrotier. De l'autre côté du couloir, derrière une porte on percevait les éclats de voix d'une mère de famille râlant après des enfants chahuteurs. Georges devait habiter cet appartement du rez-de-chaussée…

François avait rabattu son chapeau. Mieux valait ne pas se faire remarquer ; Georges, la gueule d'empeigne qui officiait derrière le bar tout en houspillant sa serveuse, l'avait déjà croisé. Mariani aussi le connaissait bien. Si jamais le flic débarquait il devrait s'éclipser. François observa Georges du coin de l'œil. Pommettes saillantes, appendice nasal patatoïde et longs poils de sourcils retombant en vrac sur ses yeux porcins, George était le sosie parfait de l'acteur interprétant le complice de *Nosferatu le vampire,* celui qui approvisionne le

---

[16] Billard français

monstre en sang frais ; de préférence celui d'innocentes jeunes filles…

Pour le moment le bonhomme, les deux mains plongées dans l'eau grasse, était occupé. Il tentait désespérément de récurer une casserole.

Les avant-bras de François, parsemés de miettes de pain, vestiges d'une récente collation, adhéraient à la table un peu crasseuse. Une odeur entêtante, relents de tabac froid, d'éthers d'alcools forts et d'encaustique régnait dans la pièce. Malgré cela, l'ambiance ponctuée par les éclats de rire des joueurs de dominos, n'était pas désagréable même si les clients interpelaient bruyamment le patron à cause de son Bouledogue sans gêne toujours en quête d'un morceau de sucre. Le chien posait sa gueule sur tous les genoux et bavait abondamment.

C'est à la fin d'un tournoi de dominos que François entama la conversation avec un vieux joueur rigolard de la table voisine.

- Vous venez souvent *chez Georges* monsieur ?

- Oui, c'est le seul endroit à Saint François où l'on peut encore déguster un Picon-bière !

De ses doigts calleux l'homme déposa délicatement sur son oreille la cigarette que venait de lui offrir François puis chuchota :

- Le Georges, tout le monde sait qu'il fricote avec les Allemands, seulement grâce à ses combines les cuisines sont toujours approvisionnées. On mange bien même si, il faut le dire, ce troquet devient la cantine préférée des Boches ! Avec les copains on s'est dit : il faut en profiter car d'ici la fin de l'année tous les bistrots seront fermés ! Déjà les horaires

65

d'ouverture ont été restreints après l'attentat du dix septembre[17] et des attentats il y en aura d'autres…

- Dites-moi, monsieur…

- Ernest, je m'appelle Ernest.

-Vous la connaissiez Madeleine, Ernest ?

- Bien sûr mon gars, c'était une brave gamine. Elle avait toujours un mot gentil quand elle me voyait. Et puis elle refusait d'aller avec les Boches, elle se limitait à une petite clientèle d'habitués. Je peux te dire que le Georges ça ne lui plaisait pas !

- On raconte que c'est le Sénégalais qui aurait tué Madeleine…

- Mamadou… Ce n'est pas possible d'entendre pareille ânerie !

Le vieux repositionna son béret basque à l'arrière du crâne, ses yeux s'écarquillèrent :

- Je le connais depuis des années Mamadou. Voilà un gars qui rend service chaque fois qu'il le peut… Tout le monde l'aime bien ici…Tu connais son travail… Moi, même quand j'étais jeune je n'aurais pas eu le cran de prendre de tels risques…

Puis, après une pause :

- Tu sais qu'on a fait de Mamadou un joueur de belotte de haut niveau…Quand il perd, il n'hésite pas à payer sa tournée, c'est un gars généreux !

- Il fréquentait Madeleine ?

---

[17] Un avis en date du 12 Septembre 1941 fait état de cet attentat contre un soldat allemand

- Je pense bien ! Mais pas pour la bagatelle. Ils aimaient être ensemble… Non, crois-moi, jamais Mamadou ne lui aurait fait de mal…

Durant quelques jours François traîna ses guêtres dans le quartier. Il interrogea les habitués des bars, les commerçants de la place Saint-François espérant récolter une information inédite mais en vain... Seul le crémier avait émis un avis défavorable au sujet de Mamadou :

Ça ne m'étonne pas, avait-il affirmé, *vous savez ces gens-là sont restés un peu sauvages. On accueille trop d'étrangers au Havre, après il ne faut pas se plaindre !*

François, assis sur un banc public de la rue de Bretagne, essayait de faire le point. Il devait trouver un moyen de relancer son enquête par de nouvelles pistes…C'est alors qu'une ravissante blonde aux yeux verts de vingt-cinq printemps vint prendre place à ses côtés. Elle portait sur un caraco blanc discrètement décolleté un ensemble rouge assorti d'un chapeau plutôt chic orné d'une plume d'oiseau exotique. François reconnut aussitôt une locataire de chez Georges aperçue dans l'escalier conduisant aux chambres du garni. La jeune femme croisa ses longues jambes probablement teintes - les bas nylon étaient introuvables - et le regarda à la dérobée. François crut un instant qu'il allait devoir décliner une proposition tarifée…

- Bonjour monsieur le journaliste, je m'appelle Fanny. On raconte dans le quartier que vous vous intéressez au meurtre de Madeleine Hauchecorne…

- François Le Pellec journaliste au *Petit Havre*…Enchanté Fanny.

Fanny se crispa légèrement :

- C'est un journal à Pétain ça…

- Le seul qui soit encore en activité au Havre mademoiselle ! Je n'ai pas eu le choix…Vous n'appréciez-pas le Maréchal ?

- … Et vous ?

- … François afficha un petit sourire complice.

- Monsieur Le Pellec, permettez-moi de vous donner un conseil : ne vous faites pas remarquer, Georges n'aime pas les curieux. Il est prêt à tout pour les faire taire. Pourquoi vous intéressez-vous à cette histoire ?

- J'estime Mamadou incapable de commettre un meurtre. Par les temps qui courent je ne compte pas sur les flics pour résoudre cette affaire en toute impartialité… Surtout si le commissaire Mariani mène l'enquête.

Fanny leva les yeux au ciel.

- On est sur la même longueur d'onde monsieur Le Pellec…

François frotta ses joues recouvertes d'une barbe naissante provoquant un bruit de râpe à fromage :

- Si vous pouvez me donner un indice Fanny, n'hésitez pas. J'agis à titre personnel pour rendre service à Mamadou. Je ne publierai rien…

Fanny, nerveuse, tritura son sac à main un long moment avant de se décider à parler :

- Je ne sais pas si cela a un rapport avec le meurtre, mais j'ai été témoin d'un truc bizarre. Je loge au troisième étage chez Georges, Madeleine au premier. Il y a un appentis au rez-de-chaussée dont le toit se situe juste sous ses fenêtres. La veille du meurtre, vers vingt heures, je donnais du mou à mon chat quand soudain, j'entends comme un claquement venant de la rue.

Je me penche à la fenêtre. J'aperçois un type debout sur le toit de l'appentis, plaqué contre le mur, immobile. J'ai tout de suite compris qu'il avait dû sauter par la fenêtre de la chambre de Madeleine.

- Il n'a pas pu sauter d'une autre fenêtre ?

- Impossible elles sont trop hautes ! Et s'il avait escaladé le mur depuis la rue ça n'aurait pas fait ce bruit-là. Ce n'est pas fini… Je me penche pour mieux voir. La fenêtre de Madeleine était restée grande ouverte et à l'intérieur des gens s'engueulaient…

- Des gens ?

- J'ai simplement reconnu la voix hystérique de Georges. Un peu plus tard ils ont refermé la fenêtre à cause du raffut. Le gars en a profité, il a sauté sur le trottoir et s'est carapaté…Quand j'ai appris que Madeleine avait été assassinée, je me suis dit que j'avais peut-être vu le tueur. C'était une erreur puisqu'elle était encore vivante à sept heures le lendemain matin.

- Vous en avez parlé à la police ?

- Ils ne m'ont rien demandé et moins je les vois mieux je me porte ! Vous vous rendez compte que j'avais rendez-vous avec Madeleine, chez elle, le matin ou elle a été tuée. Pour un peu je me serais trouvée nez à nez avec le tueur !

François déglutit avec difficulté :

- Le type sur le toit vous le connaissiez ?

Elle fit non de la tête, consciente de la déception qu'elle provoquait :

- Je l'ai vu sous un mauvais angle, dans la pénombre. Il était en bleu de travail comme beaucoup de gens dans le quartier…Ce qui est sûr c'est que ce n'était pas Mamadou, l'homme était blanc de peau.

François, accablé, ôta son chapeau libérant sa tignasse rousse ; sous l'effet de l'énervement il ressentit un insidieux « coup de chaud ». François allait prendre congé mais Fanny le retint par la manche murmurant dans un souffle :

- Il y a peut-être un moyen de savoir qui est cet homme monsieur Le Pellec : allez donc rendre une petite visite à Madame Le Troadec !

13

Tout le quartier s'accordait pour dire que madame Le Troadec était une femme originale. Elle tricotait sans interruption de huit heures à vingt-deux heures, postée derrière les carreaux de sa fenêtre de cuisine. Ses yeux roulaient comme des billes, essayant de suivre tout à la fois les mouvements de la rue et l'état d'avancement de son ouvrage.

À Saint-François le tricot de Madame Le Troadec était devenu un sujet de plaisanterie. À raison de huit heures de travail par jour depuis plus de vingt ans il aurait dû mesurer une bonne centaine de kilomètres de long... On racontait, pour plaisanter, que la tricoteuse avait réussi à décrocher un contrat de fourniture de chaussettes avec l'armée allemande qui s'apprêtait à affronter le terrible hiver russe. Plus sérieusement Fanny avait expliqué à François que la vieille femme seule, veuve de marin sans enfant, essayait de s'occuper. Chaque soir, par économie, elle détricotait son ouvrage et le recommençait le lendemain.

Le seul plaisir qui restait à la vieille dame, en dehors de son rôle de vigie, était de parler de son Finistère natal, si possible en langue trégoroise, avec les Bretons d'origine qui passaient sous ses fenêtres.

Madame Le Troadec considérait Fanny comme la fille de la maison. La jeune femme gérait ses tickets d'alimentation, faisait la queue à sa place devant les commerces d'alimentation et lui tenait souvent compagnie. Un point commun les rapprochait ; elles étaient toutes deux de ferventes catholiques.

Madame Le Troadec connaissait les activités de Fanny et priait quotidiennement pour le salut de son âme.

François longea le quai Michel Ferré, emprunta la rue Saint Louis, puis la rue du Petit Portail[18] où logeait Madame Le Troadec, au premier étage d'un immeuble ancien. Ses fenêtres donnaient effectivement sur les chambres des garnis au-dessus de *Chez Georges*.

Fanny avait prévenu François que la vieille dame n'aimait pas être dérangée et qu'elle n'hésiterait pas à lui claquer la porte au nez s'il se montrait trop insistant.

Il remodela du bout des doigts les crans de sa chevelure, réajusta son nœud de cravate et fixa une carte de presse au revers de sa veste avant d'attaquer les marches vermoulues menant aux étages. François arborait la mine engageante, sympathique mais néanmoins professionnelle qui le caractérisait au moment où il toqua à la porte de madame Le Troadec.

Le journaliste perçut alors le couinement d'une chaise. Des pieds chaussés de pantoufles effleurèrent le plancher sur quelques mètres puis un long silence s'installa. Au bout du silence un murmure à peine audible parvint jusqu'à ses oreilles :

---

[18] Donnait sur la place Saint François, aujourd'hui place du père Arson

- Qui est-ce ?

- Bonjour madame Le Troadec, je me présente : François Le Pellec, journaliste au *Petit Havre*.

- Passez votre chemin monsieur, je n'ai rien à vous dire…

- Mais, c'est Fanny qui m'envoie !

- Vous connaissez Fanny ?

- Elle m'a recommandé de venir vous voir…Dans le cadre d'une enquête…

La porte finit par s'entrouvrir découvrant le visage interrogateur de la vieille dame.

- Quelle enquête, Grand Dieu ?

Le dos perclus d'arthrose de madame Le Troadec était parallèle au sol. Courageusement elle martyrisa ses cervicales, levant la tête afin de pouvoir croiser le regard du journaliste.

- Dis-moi mon garçon, Le Pellec c'est un nom breton…

- Oui je suis né à Térenez dans le Finistère.

- Sans blague ! Moi je suis de Plouezoch, tu te rends compte c'est seulement à trois kilomètres de chez toi ! Ton père ne s'appelait pas Yves par hasard ?

- Non, Jean… Le Yves dont vous parlez c'est celui qui habite au *Rhun*, près du familistère.

- Oui, c'est bien ça…

- Je le connais, Yves est un cousin de mon père, du côté maternel…

- Entre, essuie-toi les pieds. On va parler du pays !

La vieille dame, tout de noir vêtue, trottina jusqu'au buffet Henri II, en sortit deux verres à moutarde et une bouteille étoilée. Elle pointa d'un revers de canne une chaise assortie au buffet.

73

François déposa son veston et son chapeau sur le lit clos avant de s'assoir, certain qu'il devrait faire preuve de diplomatie et de patience avant d'attaquer le sujet crucial.

- Yeched Mad[19]! Dit-il en levant son verre. Vous avez toujours de la famille à Plouezoch madame Le Troadec ?

La conversation prit aussitôt de l'ampleur. Il fallut identifier toutes les maisons du bourg, repenser l'arbre généalogique des familles, disserter sur la situation économique du Trégor : les avantages de la culture de l'artichaut, les conséquences néfastes de la raréfaction des ormeaux et l'influence des grandes marées sur le climat de la baie de Morlaix.

Le carillon sonna dix-neuf heures et François considéra qu'au troisième verre de vin rouge il était temps d'engager une conversation constructive :

- Ça fait tellement plaisir de parler du pays que j'en oublierai presque le but de ma visite !

- Ah oui ! Ta fameuse enquête…

- Précisément…Fanny m'a affirmé avoir aperçu, vers vingt heures, la veille du jour où Madeleine a été assassinée un homme juché sur le toit de l'appentis de *chez Georges*. Fanny n'a pu l'identifier car il faisait sombre. Vous ne l'auriez pas vu de votre fenêtre par hasard ?

Madame le Troadec prit le temps de réajuster ses lunettes. François cru déceler sur son visage une petite moue de contrariété. Il s'empressa d'ajouter :

---

[19] À votre santé !

- N'ayez aucune crainte, si je souhaite connaître l'identité de cette personne c'est dans le but de lui poser quelques questions à titre privé. Il n'est d'ailleurs pas coupable de ce forfait puisque Madeleine a été vue, bien vivante, le lendemain matin ! Votre nom n'apparaîtra pas dans le journal, je m'en porte garant...

- Bien sûr que je l'ai reconnu le quidam sur le toit mon gars ! Répondit la vieille dame. C'est Hervé Thomas, un natif du Guilvinec. Il est patron de chalutier ; un brave garçon. Il s'appelle *La Belle Poule* son bateau...

14

En 1941 le trafic maritime au Havre était placé sous l'étroite surveillance des autorités d'occupation. Les marins pêcheurs pouvaient continuer à pratiquer le petit cabotage pendant des créneaux horaires restreints. Les équipages devaient en outre subir la présence à leur bord de soldats armés et, au large, le contrôle des vedettes allemandes.

François Le Pellec fila à la halle aux poissons où on lui indiqua l'heure d'arrivée de *La Belle Poule,* un beau chalutier rouge et blanc facilement reconnaissable.

Hervé Thomas amarrait son bateau au quai de Southampton, non loin de l'embarcadère des navettes pour Honfleur et Trouville. François s'y rendit en pressant le pas remarquant une vive agitation place Guynemer, face à l'hôtel Frascati[20], devant le sémaphore. Une fanfare se déployait au centre de la place, encadrée par une trentaine de soldats de la *Wehrmacht.* Deux camions Mercedes Benz L45 débâchés équipés de mitrailleuses prenaient en enfilade le boulevard Georges Clémenceau et la chaussée des Etats-Unis.

Le chef d'orchestre jeta en l'air un bâton enrubanné, la fanfare attaqua aussitôt l'hymne de la *Kriegsmarine,* une fanfare dont seuls les Teutons ont le secret ; véritable agression sonore sur fond de cornets à piston, grosses caisses et cymbales.

---

[20] Situé à la place du musée André Malraux

François se retourna pour jeter un coup d'œil au spectacle.

La troupe regroupée en carré s'était ébranlée dès la première mesure, une seule tête, pas de l'oie réglementaire devant des cadors galonnés ravis du spectacle. Les officiers saluèrent la troupe, accrochèrent au passage quelques croix de fer au revers des uniformes, les casques brillaient au soleil, les bras se tendaient à la gloire du Führer au risque d'éborgner le voisin.

L'état-major de la *Kriegsmarine* était en visite d'inspection au Havre afin de valider l'installation d'un nouveau radar au cap de la Hève, ce qui expliquait tout ce tintamarre. Absorbé par son enquête François avait négligé l'importance de l'évènement alors que c'était son réseau qui avait communiqué à Londres l'heure et le lieu de la manifestation...Un comble...Et si les British profitaient de l'occasion pour lancer une attaque ?

Ce jour de septembre, à 17 heures, la température frisait encore les vingt-huit degrés. François se ventila le visage avec son chapeau puis s'assit sur le muret de l'embarcadère à l'ombre de la guérite où les passagers en partance pour *l'autre côté de l'eau*[21] achetaient leurs tickets. *La Belle Poule* ne devrait plus tarder à arriver...

Le ronronnement des moteurs de bateaux qui rejoignaient le quai de l'Ile et le cri des mouettes couvraient le lointain vacarme de la fanfare. Des

---

[21] De l'autre côté de la baie de Seine

pêcheurs à la ligne assis sur des pliants, chopines à portée de main occupaient le quai, comme au bon vieux temps. Il est vrai qu'un calme relatif régnait sur la ville depuis une dizaine de jours. Les bombardements s'étaient nettement espacés touchant surtout la périphérie du Havre.

Un quart d'heure plus tard François repéra un chalutier à la coque rouge et blanche qui se détachait à vive allure de la flottille pour venir s'amarrer près de l'embarcadère.

La Belle Poule arborait en haut du mât les couleurs nationales, juste en dessous flottait le fanion jaune imposé par les Allemands signifiant que le bateau pratiquait la pêche et le trafic côtier[22].

Un imposant soldat allemand botté, casqué, portant la capote bleue de la *Kriegsmarine* était posté à l'avant du bateau, jambes écartées, torse bombé dans l'attitude du dominant. François se dit qu'attifé de la sorte, s'il tombait à l'eau, jamais il ne remonterait à la surface, en revanche la mitrailleuse MG 34 posée à ses pieds lui conférait une indéniable autorité.

François devait imaginer un scénario d'approche permettant une première rencontre apaisée avec Hervé Thomas. Il ne connaissait rien de ses opinions, la plus grande prudence s'imposait.

Il mâchouilla sa Gauloise quelques secondes avant de dégainer son vieux briquet à mèche ce qui dénotait chez lui une certaine anxiété.

---

[22] Avis du 01 février 1941

À cet instant précis tous les regards se portèrent en direction du sud-ouest. La fanfare s'arrêta. Des avions approchaient. Il ne s'agissait pas du sourd vrombissement augmentant crescendo des bombardiers en formation, dans ce cas les sirènes auraient donné l'alerte et la *flak* se serait déjà déchaînée.

Deux ou trois avions approchaient en rase-motte, moteurs hurlants, personne ne les voyait encore mais ils allaient surgir d'une minute à l'autre...

- Chasseurs ! Cria François à l'intention des pêcheurs qui abandonnèrent leur attirail et s'enfuirent ventre à terre à la recherche d'un abri du côté des immeubles donnant sur le quai. La curiosité du journaliste fut la plus forte. Renonçant à courir François posa un genou à terre, scruta le ciel et rentra la tête dans les épaules. Le bruit s'amplifiait. Place Guynemer la fanfare remballait cuivres et grosses caisses, les soldats se mirent à courir dans tous les sens. Soudain des salves de 37mm claquèrent, tirées par la *flak* positionnée derrière le parapet de la digue nord.

Les deux Spitfires jaillirent au-dessus du sémaphore, volant à quinze mètres du sol tout au plus, en direction de l'arrière-port, de toute la puissance de leurs moteurs Rolls-Royce. Découvrant leurs ventres, ils entamèrent un large virage à droite. François fut obligé de fermer les yeux un instant, ébloui par le soleil qui se reflétait sur les carlingues. Les deux chasseurs disparurent en direction de la baie. Simultanément François entendit le crachement de leurs quatre mitrailleuses

Vickers et de leurs deux canons de 20 mm sans trop comprendre sur quoi ils tiraient. Leurs intentions furent beaucoup plus claires quand ils réapparurent cinq minutes plus tard dans l'axe de la place Guynemer et qu'ils arrosèrent copieusement la troupe rassemblée pour la prise d'armes. Anéantis par un déluge de feu les Allemands tombaient comme des mouches. Les plus motivés levaient leurs flingots mais n'avaient même pas le temps d'épauler. Un des camions L45 touché de plein fouet explosa, sa mitrailleuse pris son envol et retomba dans un énorme bruit de ferraille sur la grosse Mercedes décapotée des officiers d'état-major qui tentaient de s'enfuir, une épaisse fumée noire envahit la place.

François ressentit une certaine jubilation ; si les Anglais avaient réussi ce coup fumeux c'était grâce aux renseignements de son réseau.

La *flak* tirait sur les Spitfires par courtes séquences, sans grande visibilité, probablement gênée par leur trajectoire en rase motte.

François avait complètement oublié *La Belle Poule*. Le chalutier avançait au ralenti à une trentaine de mètres du quai. Hervé Thomas et le garde, stupéfaits, assistaient à la scène. L'allemand retira la mitrailleuse de son trépied et l'appuya sur son bras gauche. Dans cette position il aurait plus d'amplitude pour canarder les zincs s'ils refaisaient un passage. Effectivement les deux diables se pointèrent par le sud-ouest. Encadrés par des salves, ils se séparèrent.

Le premier Spitfire canarda le camion L45 restant puis passa au-dessus de François au ras du sol en direction du bassin de la barre.

François eut une réaction totalement inadaptée à la situation et au niveau de risques. Il pivota sur une jambe pour ne pas perdre l'avion des yeux. Sourire béat aux lèvres, il enleva son chapeau et agita convulsivement les deux bras pour saluer le pilote. Il l'aperçut durant une fraction de seconde dans le cockpit, de profil, lunettes sur les yeux, casqué de cuir. Il crut même voir sa main gantée se lever pour répondre à son salut. Il n'était pas sûr que cette vision fugace corresponde à la réalité, mais c'est bien la version qu'il servirait plus tard à ses petits-enfants... Si un jour il en avait... François trépigna d'aise parce qu'il avait vu de près ceux qui allaient libérer la France. Une immense bouffée d'espoir le submergea.

En tous cas toute sa vie il garderait en mémoire la vision de ce magnifique appareil en pleine action, monstre de puissance, cocarde rouge, blanc, bleu, cerclée de jaune au flanc, immatriculation en lettres blanches sur toute la largeur du fuselage sans oublier l'écusson polonais indiquant la nationalité de l'équipage. Le deuxième Spitfire, sorti de nulle part, avait manifestement envie de vider le restant de son chargeur sur une vedette allemande qui s'apprêtait à entrer dans le bassin de la Citadelle. Il devait pour cela survoler *La Belle Poule*.

François jeta un coup d'œil sur le pont du chalutier. Les évènements se précipitèrent. Le garde ajustait le ventre du zinc avec sa MG34. François sentit son estomac se nouer, machinalement il fit un pas en avant puis se figea, attendant le drame.

L'intention du garde n'avait pas échappée à Hervé Thomas qui remit instantanément le moteur à pleine puissance propulsant *La Belle Poule* à toute vitesse vers le quai. L'Allemand, surpris, laissa échapper sa quincaillerie, fit quelques moulinets avec les bras, poussa une bordée de jurons quand ses fesses s'encastrèrent dans un cordage. À peine s'était-il remis en position verticale que le rafiot, à cause de sa vitesse excessive, heurtait le quai. Le garde faillit s'étaler à nouveau, se retenant de justesse à une élingue.

Grâce à l'initiative d'Hervé Thomas, le Spitfire avait eu le temps de lâcher sa rafale sur la vedette allemande avant de disparaître en direction d'Honfleur avec un léger battement d'ailes. Là aussi François se forgea un récit : le battement d'ailes était intentionnel, le pilote remerciait le pêcheur de lui avoir sauvé la peau…

Le garde allemand, colosse blond, au cou de taureau, retroussa les manches de sa capote découvrant deux gros bras velus ornés de tatouages et se rua sur Hervé Thomas. Les battoirs qui lui servaient de mains l'agrippèrent par le revers de veste. Le pêcheur se retrouva allongé sur le pont, l'arrière-train exposé aux coups de pieds de la brute. Après s'être défoulé le garde intima l'ordre à Hervé de remonter sur le quai en hurlant la réplique favorite de l'occupant au bord de la crise de nerfs :

- Vous saboteur, vous fusillé, fusillé !

Après l'attaque, les Allemands contrariés dispersèrent sans ménagement les civils et portèrent secours à leurs blessés. Des ambulances arrivèrent sur les lieux sirènes hurlantes ; cris, gémissements, ordres brefs, claquements de semelles cloutées sur le pavé. Au loin les canons continuaient à tonner.

Le colosse blond tenait toujours Hervé par le col et continuait de sa main libre à lui caresser les côtes. Le pêcheur protestait faiblement, sans se faire d'illusion :

- J'ai eu peur, j'ai appuyé sur la manette des gaz, c'est un réflexe voilà tout...

De toutes façons l'Allemand ne comprenait rien...

Sur le quai l'agitation était à son comble, les médecins et infirmiers militaires coordonnaient les allées et venues des brancardiers, distribuaient les premiers soins.

François avait eu la chance de ne pas avoir été viré à coups de crosse comme la plupart des autres civils.

Le garde poussait Hervé Thomas devant lui. Malgré la panique il n'avait pas renoncé à conduire son prisonnier au siège de la gestapo. Il fallait agir vite. Sous l'œil médusé d'Hervé, François se planta devant le garde en agitant sa carte de presse puis l'entreprit dans un allemand plus que correct, teinté d'un léger accent bavarois ; Il avait eu en effet une relation torride avant-guerre avec une certaine Monika, native de Stuttgart, qui l'avait initié à la langue de Goethe.

Le moindre troufion vert de gris savait que le *Petit Havre* était un journal obéissant. François évoqua

83

d'emblée la relation privilégiée qu'il entretenait avec son ami Friedrich Von Wilkenburg qui commandait un détachement de la *Kriegsmarine*, puis fit référence à ses contacts de la Kreis kommandantur nommant un à un les bureaucrates galonnés des différents services. Constatant qu'il n'avait pas encore ramassé de gifle François s'enhardit :

- Je connais personnellement Monsieur Thomas et j'ai été témoin de la scène. Je vous garantis qu'il a poussé la manette des gaz accidentellement...

Le colosse déstabilisé par le flot de paroles du bonimenteur desserra son étreinte un instant puis, fronçant méchamment les sourcils, émit un grognement sourd. Alors qu'il s'apprêtait à reprendre la situation en main le garde fût secoué comme un prunier par un *Feldwebel* qui le traita de feignant, lui ordonnant de chercher un partenaire pour porter une civière sur laquelle un pauvre type agonisait. Le soldat courba l'échine et disparut dans la foule, poussé au train par son supérieur.

- Tu l'as fait exprès, le coup de la manette des gaz ? demanda François au pêcheur. L'autre ne répondit pas et se contenta de sourire. D'un revers de main il essuya les gouttes de sueur qui perlaient sur son front. Si François avait eu quelques craintes quant aux opinions d'Hervé Thomas, les évènements qu'il venait de vivre l'avaient pleinement rassuré.

15

La population havraise confrontée en permanence au danger, essayait de vivre le plus normalement possible entre deux alertes.

Après le raid des Spitfires, quand les blessés allemands furent évacués, certains clients revinrent s'installer, un peu par défi, à la terrasse poussiéreuse du *Café d'Honfleur*. Le serveur en tablier blanc les attendait sur le pas de la porte comme si de rien n'était, tire-bouchon à la main ; la canicule, les émotions et le besoin de causer incitaient à la consommation… Après tout on ne déplorait aucune victime civile et peu de dégâts sur les bâtiments.

François et Hervé, affalés autour d'une table donnant sur le quai tentaient de retrouver leurs esprits en sirotant une citronnade fraîche. Les conversations allaient bon train, on s'interpellait d'une table à l'autre, les Allemands n'avaient rien vu venir malgré leur nouveau radar et ils avaient payé le prix fort…

Le visage de flibustier d'Hervé Thomas, tanné par le soleil et le vent du large était sillonné de rides profondes. Son compteur personnel devait afficher une bonne cinquantaine d'années pourtant il dégageait encore une certaine élégance d'aventurier à l'ancienne rappelant Humphrey Bogart dans *Le Faucon Maltais*.

Un courant de sympathie ne tarda pas à s'installer entre les deux hommes.

François, en confiance, expliqua sans détour les objectifs de son enquête : tirer au clair les circonstances de la mort de Madeleine Hauchecorne et venir en aide à Mamadou Seck. Son interlocuteur opinait du chef en signe d'approbation mais il devint plus fébrile quand François asséna sans sommation sa première question :

- Que faisais-tu la veille du meurtre sur le toit de l'appentis, sous la chambre de Madeleine ?

Le pêcheur avala de travers sa gorgée de citronnade. François persista :

- Tu connais Madame Le Troadec ?

- Je comprends mieux ! Toujours derrière ses carreaux celle-là…On se connaissait depuis longtemps avec Madeleine. Je lui avais demandé d'arrêter de tapiner pour Georges et de vivre avec moi. Elle était sur le point d'accepter…

- Que s'est-il passé ? Fanny la locataire du troisième m'a dit qu'elle a entendu des éclats de voix dans la chambre de Madeleine pendant que tu étais sur le toit, les fenêtres étaient ouvertes…

-…

- Je ne te cherche pas d'embrouille Hervé, je veux juste aider un type qui est un bouc émissaire idéal…. Ce n'est pas parce qu'il n'a pas la bonne couleur de peau que je vais le laisser tomber…

- Je comprends, mais je risque gros dans cette histoire…

- Il faut que tu saches : Mamadou ne passera pas en jugement, la cour d'assise ne fonctionne plus… Il restera en prison et s'il y a un coup dur, sabotage ou autre un « droit commun », africain de surcroît, a peu de chances de passer au travers d'une prise d'otage… Qu'as-tu entendu par la fenêtre ouverte ?

- Tout à l'heure, tu as pris des risques pour moi. Je vais t'en dire plus. De toutes façons j'étais décidé à venger la mort de Madeleine. Maintenant on va faire équipe !

François, satisfait, posa sur la table son carnet réclame Saint-Raphaël / Quinquina et humecta sa mine de crayon.

- Ce soir-là, Madeleine devait aller voir sa sœur rue Aristide Briand, comme d'habitude mais elle a remis sa visite…J'avais insisté pour la voir parce que j'allais m'absenter un bout de temps…

- Pour quoi faire ?

- J'étais réquisitionné par les Boches durant deux semaines, pour faire la navette entre Le Havre et *l'autre côté de l'eau*. Je devais assurer le transport de babioles pour le compte des huiles de la Kreis kommandantur : fine, champagne, liqueurs, vins fins, cigares pour ces messieurs, parfums, bas de soie, robes du soir pour leurs « Gretchens ». Tu vois le genre !

Revenons-en à cette fameuse soirée…On était couchés Madeleine et moi quand tout à coup on entend un tour de clé, des types pénètrent dans l'appartement, s'installent dans le salon et se mettent à jacasser…

- On entre chez elle comme dans un moulin !

- Georges avait passé un accord avec Madeleine. Chaque mercredi elle dormait chez sa sœur. Quand Georges avait des choses confidentielles à raconter

87

à ses associés il les recevait le mercredi dans son appartement.

- Mais pourquoi pas chez lui ou au bistrot ?

- Chez lui, il cohabite avec deux moutards qui ont le vice dans la peau et n'arrêtent pas de brailler. Dans le troquet il est toujours dérangé par des clients qui ont les oreilles qui traînent…

- Alors, les types ne savaient pas que vous étiez dans l'appartement…

- Madeleine m'a fait signe de me taire. *Quel jour on est ?* Elle m'a demandé. *Mercredi.* Je lui réponds… Paniquée elle s'est levée pour donner un tour de clé à la porte de la chambre. Moi je me suis habillé en vitesse. Georges a invité les deux autres à s'asseoir et ils ont parlé.

- Quels autres ? Vous les avez identifiés ?

- Oui, il y avait le commissaire Mariani et Saucker, un Boche pas commode qui faisait office de chef de bande.

François griffonnait sans relâche sur son carnet :

- J'ai déjà croisé l'*Hauptman* Wilfried Saucker. C'est l'adjoint au responsable du ravitaillement de la garnison et il magouille dans son dos. Vous entendiez leur conversation à travers la cloison ?

- Parfaitement, Saucker expliquait qu'une page se tournait et qu'il fallait s'adapter : le filon de l'aryanisation des biens juifs s'épuisait. Cela devenait risqué de falsifier les dossiers d'évaluation des biens en les sous estimant au profit de propriétaires véreux moyennant un pot de vin conséquent. Il a ajouté :

- Je sais bien que c'est toi Mariani qui va être nommé chef de la police aux questions juives mais le contrôle des autorités allemandes s'amplifie. Nos magouilles représentent un manque à gagner pour le Reich. Un jour ils vont se fâcher, je n'ai pas envie de finir au bout d'une corde !

- Qu'a répondu Mariani ?

- Tu sais Wilfried il y a plus d'un an que le processus d'aryanisation des biens juifs est engagé. Tous les bons coups ont été faits, sans compter ce qu'on a raflé dans les maisons des youpins !

François haussa les épaules d'un air las :

- Le pillage des maisons parlons-en… Je connais l'histoire mais avec un rédacteur en chef qui ne veut pas faire de vagues, impossible d'aborder le sujet dans nos colonnes ! En juin 40 les Juifs comme les autres fuient devant l'envahisseur, tous abandonnent leurs maisons et n'emportent que le strict nécessaire. Déjà des petits malins commencent à se servir…

-… Et puis dès que les Allemands ont mis en application la politique de confiscation des biens juifs, on change d'échelle, Mariani dûment mandaté par Saucker, arrive le premier pour sécuriser les lieux. Il sort sa carte de police, tout le monde s'écarte… La bande a tout le temps avant le déménagement officiel de faucher les objets d'art les plus précieux !

- Je suppose que Georges et ses sbires sont chargés du service d'ordre…

- Oui… Si des petits curieux viennent faire les malins Georges menace, bouscule, plus si besoin. Ensuite la bande transporte, stocke la marchandise,

89

récupère les fonds après les ventes, graisse la patte aux commissaires-priseurs... Ces types ont des nerfs d'acier, c'est pour cette raison que leur petite entreprise fonctionne si bien…

Les pommettes d'Hervé rosissaient à vue d'œil sous l'effet de l'excitation. Les deux hommes, après la citronnade, commandèrent une chopine de blanc histoire de se donner un coup de fouet.

- Revenons à cette fameuse soirée du mercredi…Pourquoi avaient-ils besoin de se rencontrer si urgemment ?

- Saucker avait un nouveau plan et il fallait le mettre en place immédiatement :

On va passer aux choses sérieuses… A-t-il dit. *Le Führer a décidé qu'en Normandie la fortification de la côte devient une priorité. Les entreprises de bâtiment et de travaux publics vont être sollicitées par l'organisation* TODT[23]. *Elles vont se bagarrer pour décrocher les contrats de sous-traitance, ensuite elles auront besoin de ravitaillement. La concurrence sera féroce !* Saucker s'est mis à bafouiller ; il devait sûrement faire un sort à la bouteille de Cognac posée sur le buffet.

Georges, enthousiaste, s'est exclamé :

- *Les chantiers de travaux publics seront nos nouveaux terrains de jeux…*

Mariani ajouta :

- *Les côtes de France vont être couvertes de bétonnières. Des lots énormes seront négociés : outils, tubes d'acier, câbles électriques, boulonnerie, visseries, des tonnes je vous dis, des*

---

[23] Chargée de la construction du *mur de l'Atlantique*

tonnes, sans compter les gros engins : excavateurs et tout le toutim !

Saucker, tant bien que mal, a repris la parole :

- *Vous avez compris la suite... tous les appels d'offres de la région vont passer par moi... On peut faire fortune en un an. À nous de savoir profiter des approximations qui vont résulter de la mise en place d'un chantier aussi gigantesque ! Ce qui est sûr c'est que les postulants devront cracher au bassinet pour avoir les marchés !*

- *Comment on se répartit les rôles ?* demanda Georges.

- *On ne change rien à nos habitudes : tu t'occupes du service d'ordre, j'étudie les dossiers et je donne mon accord, Mariani contrôle nos arrières avec ses flics en cas de dépôts de plaintes.*

François, pensif, profita d'une pause pour sortir son couteau suisse afin de tailler son crayon. Il venait de noircir trois pages de notes d'affilée :

- Tu ne m'as toujours pas dit comment tu t'es retrouvé sur le toit...

- Madeleine, l'oreille collée à la porte de la chambre, a légèrement heurté une chaise en changeant de position. Les types se sont aussitôt arrêtés de parler. Georges a actionné la clenche de la chambre comme un furieux :

- *Madeleine tu es là ? Ouvre cette foutue porte, nom de Dieu !*

Elle a répondu du tac au tac :

- *Pas la peine de gueuler Georges ! Donne-moi une seconde je suis à poil...*

Elle a posé son index sur ses lèvres et m'a fait signe de dégager par la fenêtre. En trois enjambées je me suis retrouvé sur le toit de l'appentis, plaqué contre le mur. Je n'ai pas sauté tout de suite dans la rue, ils m'auraient entendu.

- Sur le toit tu pouvais suivre la conversation ?

- Oui, ils n'ont pas fermé la fenêtre tout de suite !

- *Qu'est-ce que tu fous là, tu n'es pas chez ta frangine ?* A dit Georges :

- *Je n'ai pas de compte à te rendre, je suis ici chez moi ! Je paie assez cher de loyer ! Vous entrez comme des sauvages, vous me réveillez et il faudrait que je m'excuse en plus !*

Et Georges de répondre :

- *Tu as entendu notre conversation ?*

- *Non, je viens de me réveiller et puis je n'ai rien à faire de vos histoires !*

Madeleine s'est habillée en vitesse et a quitté la chambre en leur claquant la porte au nez. Juché sur le toit, je l'ai vue sortir du meublé. Elle a levé les yeux et m'a fait un petit signe de la main avant de disparaître dans la pénombre de la ruelle. Elle souriait. C'est la dernière fois que je l'ai vue...

François crut voir une petite larme perler au coin de l'œil d'Hervé, larme qu'il essuya d'un revers de main avant de taper rageusement du poing sur la table.

- Tu crois que Madeleine a payé de sa vie le fait d'avoir entendu cette conversation ?

- Je le pense. Saucker était fou de rage. Il a dit :

- *Pourquoi nous as-tu emmené ici, Georges ? Si elle parle tu sais ce qu'on risque ? J'ai de bonnes relations avec la Gestapo mais il y a des limites... Je ne veux pas de témoin, c'est compris ?*

Après un long moment de cogitation collective, Mariani s'est manifesté :

92

- j'ai peut-être un plan pour rattraper tes conneries Georges…

Et là, ils ont fermé la fenêtre ! J'en ai profité pour sauter dans la ruelle et filer… Madeleine m'a sauvé la vie. Si les autres m'avaient surpris dans la chambre j'y serais passé moi aussi… Toute la nuit je l'ai cherchée pour la prévenir du danger qu'elle courait, je suis allé chez sa sœur, sans succès… Au petit matin je suis rentré chez moi. Je me suis dit : elle a dû quitter Le Havre. Je m'en veux, j'aurais dû l'attendre devant chez elle…

16

Le ratafia coule à flot dans la médina... La nouvelle venait d'être diffusée sur les ondes de la BBC. L'inspecteur Henri Poirier alias *Brindavoine* dans la clandestinité ne put s'empêcher d'émettre un grognement de satisfaction.

La sonnette retentit cinq fois comme convenu, Henri se précipita, tout heureux d'annoncer la bonne nouvelle à ses coéquipiers.

Hervé Thomas, alias *Nelson*, nouvelle recrue du réseau et François Le Pellec, alias *Crassus*, sentirent le souffle puissant de l'haleine ail et fines herbes de leur chef lorsqu'il claironna :

- Ça y est, les gars, *Le ratafia coule à flot dans la médina* !

Dixit Radio Londres ! Ils sont arrivés !

- Ç'est quoi ce charabia ? S'étonna Hervé.

- Ça signifie que les Israélites embarqués à Marseille à bord de *l'Étoile du Sahel* sont arrivés sains et saufs à Bizerte ! Et parmi eux le couple Fadida, les épiciers du Rond-Point. Henri sortit du buffet des verres à gouttes et une bouteille de Calvados de vingt-cinq ans d'âge.

- À la victoire ! S'exclama-t-il en levant son verre. Et ce n'est pas tout ! Je suis chargé de vous transmettre les félicitations de Londres. Grâce à vous la RAF a réussi à éliminer les officiers spécialistes de la Kriegsmarine chargés de l'installation du radar au Cap de la Hève...

Les trois compères se congratulèrent bruyamment. Heureusement Henri habitait un pavillon isolé du quartier Sainte-Cécile, à deux pas du bois de Montgeon.

Le cas de Mamadou Seck était inscrit à l'ordre du jour. Henri demanda à François de lui faire part de l'avancement de son enquête. Le journaliste aplatit les feuilles de son carnet réclame sur la table avec une paume maculée de mine de crayon gras et se concentra quelques instants sur ses notes :
Le « système Saucker » est basé sur l'alliance infernale entre quelques pontes de la Kreis kommandantur, une partie des effectifs de police à la solde des Allemands, et la pègre…
-…Donc, insista Henri, Georges et Mariani, sous la pression de leur chef n'ont d'autre choix que d'exécuter Madeleine, potentiel témoin à charge. Il semble que l'idée de faire accuser Mamadou du meurtre ait germé dans la cervelle faisandée de Mariani…
- Tout juste, reprit François. Et l'idée ne doit pas déplaire à Georges. Le Sénégalais a vu, dans l'arrière-cour du café, un déchargement d'objets précieux…
- Vraisemblablement volés à des familles juives…
- Si Mariani peut faire accuser le Sénégalais, la bande se débarrasse d'un deuxième témoin qui, vu sa condition de clandestin, n'aura pas droit à la parole…
Henri Poirier prit un air grave :
Une fois incarcéré, Mamadou sera à la merci de Mariani qui pourra toujours commanditer son élimination à l'intérieur de la prison. Ainsi l'affaire
95

judiciaire sera classée avant d'avoir commencée. Tu as pu reconstituer le déroulement des évènements le jour du crime ?

- Oui, grâce au témoignage d'Hervé. Dans d'autres circonstances une enquête de police honnête arriverait aux mêmes conclusions que nous…

Madeleine et Hervé surprennent la conversation de la bande vers vingt heures, le mercredi soir. Après son altercation avec Georges, Madeleine passe la nuit dehors. Le lendemain matin elle fait un mauvais choix et décide, au lieu de s'enfuir, de faire comme si de rien n'était. Elle rentre chez elle et va prendre son petit déjeuner au bar de *Chez Georges*. Les clients du bistrot témoignent l'avoir vue remonter dans son appartement vers huit heures. À huit heures trente Mamadou dévale l'escalier pour se rendre sur un chantier de déminage. À cette heure, Madeleine est bien vivante, elle l'attend sur le pas de sa porte pour lui offrir une casquette. À partir de là, nous supputons…Vers huit heures quarante Georges qui possède toutes les clés des garnis s'éclipse, monte au deuxième, entre chez le Sénégalais dans le but de lui faucher un objet personnel qu'il laissera sur les lieux du crime pour le faire accuser. Quoi de mieux que son couteau à manche nacré oublié sur la table de la cuisine…

Georges frappe à la porte de chez Madeleine et l'assassine avec ce même couteau. Quelques instants plus tard le bistrotier est de nouveau installé derrière son comptoir et reprend ses activités.

Vers neuf heures, sous un prétexte quelconque, il remonte chez Madeleine et crie au meurtre puis il prévient son ami Mariani qui s'empresse de donner l'ordre d'arrêter le Sénégalais sur son lieu de travail...

Henri appréciait la démonstration. Il émit un léger sifflement admiratif :

- Les instances légales sont sous le contrôle des Boches et des collabos aux commandes dans les services. Le témoignage d'Hervé n'est pas exploitable en l'état. On est d'accord ?

- ...

- Je sens que, faute de mieux, vous allez me demander d'organiser un commando pour faire évader Mamadou.

- Pourquoi pas ?

- Sans un motif politique approuvé par Londres je ne peux pas. Notre mission est de frapper les Allemands, pas de jouer aux justiciers...

Hervé leva le doigt :

- Et si on dévoilait par lettre anonyme le pot aux roses aux huiles de la Wehrmacht ? Ils font une enquête et fusillent toute la clique... Adolf ne doit pas apprécier qu'on se serve avant lui !

- Excellente idée ! Les Boches arrêtent Mariani, fouinent au commissariat et découvre l'existence du réseau. Fin de l'aventure ! Non, tout ce que je peux faire c'est demander à nos amis du personnel pénitentiaire de veiller sur Mamadou durant sa détention.

- J'ai peut-être un plan ! Intervint François. *L'équipe de la mort*, privée de son chef, perdrait en efficacité.

97

Je ne suis pas sûr que cela ferait l'affaire des Boches. Leurs démineurs sont mobilisés sur le front et ils apprécient que la ville soit sécurisée par le déminage municipal. Les bombes foireuses présentent un réel danger pour tout le monde... Sanaa, l'adjoint de Mamadou s'arrange déjà, chaque fois qu'il en a l'occasion, pour faire savoir aux responsables municipaux que son équipe est diminuée par l'absence de son chef, le seul à connaitre tous les types de bombes et leurs systèmes de mise à feu.

- Et alors ?

- Je pourrais obtenir un rendez-vous avec l'officier responsable de l'armement pour la Seine Inférieure... Il se nomme Otto Von Büllow.

- Comment l'as-tu connu ?

- À l'occasion d'un interview pour le compte du *Petit Havre* ; un Bavarois, héros de la grande guerre, pas ravi d'être embarqué dans une nouvelle galère à cause du caporal Hitler.

- Vous avez sympathisé ?

- C'est beaucoup dire, mais ça l'a amusé de m'entendre poser mes questions dans sa langue natale avec l'accent de Munich! Ensuite on s'est découvert une passion commune pour le football. Il connaissait l'histoire du HAC[24], moi celle du Bayern de Munich fondé trente ans après notre club ! Je ne me suis pas gêné pour le lui rappeler...

---

[24] Havre Athletic Club : club de football local

C'est lui qui m'a recommandé auprès de l'état-major allemand pour que je devienne journaliste accrédité. On entretient des relations cordiales. Von Büllow n'est pas un nazi c'est une évidence...

- Et que comptes-tu lui demander ?

- Je peux essayer de le persuader que Mamadou peut être utile vu ses compétences. Si ça marche, je lui demande de le faire sortir de prison en cas de mission de déminage difficile, ainsi on assure au Sénégalais une certaine protection...

- Pas bête ! S'exclama Hervé, tout excité. Il pourra peut-être en profiter pour se faire la belle un de ces jours !

Henri desserra son nœud de cravate, la température ne baissait pas et une odeur de gras polymérisé envahissait la pièce.

-Vous sentez comme ça pue ici ? J'ai essayé de faire des frites mais il faudrait que je change la margarine... Quelqu'un peut me dire où on en trouve ?

Hervé et François attendaient la décision du chef, une telle saillie les consterna...

On entendit hululer un hibou dans la forêt toute proche...

- Quel baratineur ce François, Von Büllow ne lui résistera pas ! Lâcha Henri avec un sourire...Bon, question suivante à l'ordre du jour : la gare de triage... Nous sommes chargés par Londres de neutraliser la circulation des rames sur les voies 12 et 13 en prévision du raid du 28 octobre...

17

- *Damned*!

6 avril 1942[25] : le Major Edward Finley du 302ème *Squadron Special* de la RAF, les deux mains agrippées sur le manche de son *Lancaster*, essaie de retrouver une assiette correcte. Il tente de se soustraire aux faisceaux des projecteurs en adoptant une trajectoire en zigzag. Les artilleurs de la *flak* qui lui tirent dessus depuis la falaise de Sainte-Adresse ne sont pas des novices ; un éclat vient d'ailleurs d'endommager la carlingue à l'arrière provoquant une embardée du zinc et une remontée d'organes de tous les membres d'équipage. Malgré cela le vieux *Lancaster* se comporte bien, il résiste vaillamment aux ondes de choc même si l'intérieur du cockpit s'est transformé en capharnaüm. Tout a valsé : gilets de sauvetage, rations, cartes de navigation. Le major ne manquera pas d'engueuler tout le monde après le coup de feu car les consignes d'arrimage n'ont pas été respectées.

Le huitième vol d'Edward au-dessus du Havre avait, dès le départ prit des allures de défi. Il remplaçait son vieil ami le major Johnny Walker, logiquement surnommé *Red Label*, victime d'une jaunisse carabinée provoquée par l'ingestion de corned-beef pas frais, made in USA.

---

[25] La RAF bombarde la gare et la centrale électrique du Havre

- *Tu es sûr que les Ricains sont nos alliés ?* avait lancé Johnny avant de confier les commandes à son collègue…Le major Finley avait, pour l'occasion, hérité d'un équipage de « bleus » boutonneux qu'il allait devoir surveiller de près. Le regard dénué d'expression du bombardier James avait tout de suite inquiété Edward qui, lors du briefing, l'avait souvent sollicité pour s'assurer que les consignes étaient bien comprises.

Roger, le navigateur, reçu major de sa promotion à l'école de Salisbury, passait pour un matheux hors pair, mais Edward avait remarqué qu'il transpirait d'angoisse avant le décollage. L'homme tentait de réprimer le tremblement sporadique de sa main droite. Il se donnait une contenance en classant ses cartes de navigation. Le pendentif à l'effigie de Pie XII dépassant de son col de chemise attira l'attention d'Edward :
- *Un papiste à bord ! Il ne manquait plus que ça !*
Edward avait refoulé son anglicanisme militant et posé une main amicale sur l'épaule de son navigateur :
- *T'inquiète pas Roger, tout va bien se passer !* Suivi d'un consensuel :
- *Le Seigneur est avec nous…*
Restaient le bombardier James, un gars de la campagne assez effacé chargé de l'ouverture des trappes de largage et un trio de mitrailleurs : Max, Everett et Phil. Au sujet des mitrailleurs *Red Label* avait prévenu son remplaçant :

-...De sacrés garnements mais ils sont rapides au tir et connaissent le matériel. Ils te démontent une Browning[26] en moins de deux et sont capables de changer les pièces eux-mêmes... Je n'ai qu'une chose à leur reprocher : quand ils ont la trouille, en pleine bagarre, ils ne peuvent s'empêcher de chanter au micro... Je préfère te prévenir !

- *De chanter quoi ?* Avait demandé Edward interloqué.

- *Les trois garçons sont membres de la chorale du High Sussex ! Leur chant préféré c'est le Salve Régina, en latin s'il vous plait !*

- *Tu les as recrutés au séminaire ou quoi ?*

Edward Finley avait eu d'autres échos moins flatteurs sur Max, Everett et Phil. On racontait que les pseudos pourfendeurs de *Messerschmitt* étaient surtout efficaces dans les concours d'éclusage de pintes au *Bloody Rose,* le Lounge Bar le plus connu de Salisbury.

Mais ce qui représentait pour Edward le principal motif d'inquiétude était le contenu de la soute à munitions. Son Lancaster était passé le dernier au Hangar d'approvisionnement. Le stock de bombes étant quasi épuisé, on lui avait refilé un vieux lot datant de juin 40 muni d'un dispositif d'armement chimique controversé. Edward protesta sans plus attendre auprès de l'officier responsable :

- *Tu crois que c'est avec ça que les Boches vont nous prendre au sérieux ? Tu les as eus dans une brocante tes pétards ?* Avait-il lancé à la cantonade.

---

[26] Mitrailleuse de 7,7 mm équipant les Lancasters

L'autre, goguenard, avait répondu :

- *D'accord avec toi mon vieux, c'est du déclassé...On est en rupture de stock... Si elles n'explosent pas à la figure des Boches, tu auras au moins une chance de les assommer !*

Arrivé au-dessus de Sainte Adresse, la gare en ligne de mire, le *Lancaster* amorça une descente et se prépara au largage. L'équipage était de plus en plus secoué. Le niveau de danger augmentait car l'ennemi avait eu le temps de régler ses tirs. Le *Spitfire* de Mac Grégor qui couvrait Edward sur sa gauche avait été obligé de faire demi-tour, train d'atterrissage arraché, queue endommagée mais moteur intact.

Après le *Mayday* règlementaire alertant sur sa situation de détresse l'Écossais Mac Grégor avait beuglé sur les ondes :

- *Je vais poser ce coucou dans le premier champ de pâquerettes venu et je reviens avec un neuf ! Quant à vous, messieurs les Anglais, ne faites pas de bêtises durant mon absence !*

Malgré le danger, Edward Finley ne put s'empêcher d'admirer la beauté de la baie de Seine illuminée par les premières lueurs de l'aube. Une douce lumière rose enveloppait la ville. Les rayons du soleil rasant se reflétaient maintenant en dizaines de foyers incandescents sur les vitres des immeubles du front de mer. Le major eut une pensée pour les habitants de cette ville qui subissaient pour la bonne cause leurs assauts furieux.

Soudain, entre deux salves de DCA, Max, Everett et Phil se mirent à entonner le *Salve Régina* dans l'interphone. *Red Label* n'avait pas bluffé ! On se serait cru un lundi de Pâques à la grande procession de Sainte Anne d'Auray :

- *mater misericordiae vita dulcé do et spesnostra salve*, puis, montant crescendo :

- *Ad te clamamas exsules fili i Hervae !*

Le Major, au bord de l'apoplexie, empoigna son micro et leur intima l'ordre de se taire. Il les menaça de les mettre au cachot à leur retour de mission, au pain sec et à l'eau. Les mitrailleurs, soiffards invétérés se laissèrent convaincre...

Huit minutes plus tard, le voyant *bomb door open* clignota accompagné d'un signal sonore assourdissant. Le *Lancaster* survolait alors la rue Félix Faure.

Edward comprit tout de suite que les bombes avaient été larguées sans son ordre. Il croisa le regard paniqué du navigateur ; Roger, dégoulinant de sueur, mèches de cheveux collées au front, réajustait ses binocles :

- *Désolé chef, j'ai donné le feu vert, je ne sais pas ce qui m'a pris...*

Renouant avec l'époque révolue du châtiment corporel en vigueur dans l'armée britannique au temps de la reine Victoria le major claqua la nuque de Roger. Casquette et pendentif à l'effigie du pape valsèrent sous la table de navigation. Roger se pencha, croupe en avant pour récupérer son bien. Faute de mieux le major continua de s'adresser à son postérieur, donnant libre cours à son exaspération :

- *Pas de feu vert sans la confirmation du Commandant ! Chapitre 1, ligne 3 du manuel ! Damned papist ! T'as gagné tes galons au poker ?*

Puis, ce fut au tour du bombardier James de subir les foudres d'Edward :

- *Ferme la trappe tout de suite, Nom de Dieu ! Tu as largué sans ordre, t'es aussi bouché que ton copain! Je vais te faire muter aux cuisines.*

- *Trappe fermée commandant...*

Répondit James dans un souffle, la gorge nouée.

- *Combien de pétards as-tu balancés ?*

- *Seulement deux.*

- *Seulement, seulement... On voit bien que ce n'est pas toi qui les prends sur la tête, même si ce sont des bombes au rabais !*

18

La première bombe avariée d'Edward Finley ne dévasta que le jardin de la villa *Sans Soucis* située au 17 rue Félix Faure.

Les effets de la deuxième bombe furent plus inattendus. Suivant une trajectoire improbable elle traversa un authentique mur cauchois en brique et silex, étêta la moitié des frênes du petit *bois des Soupirs* situé derrière la villa, ricocha sur une butte constituée de terre meuble et d'humus avant de repiquer vers une casemate bétonnée de la défense côtière positionnée le long de la rue Félix Faure.

Le soldat Otto Franz, préposé au graissage des pièces d'artillerie, venait juste de commencer à soulager sa vessie quand il entendit le hurlement de la bombe au-dessus de sa tête. Le canonnier laissa choir ses attributs et se jeta dans la luzerne préférant réserver ses deux mains au bon maintien de son casque.

Il vit l'obus riper sur la casemate et finir sa course dans un effroyable vacarme à l'intérieur de la villa voisine *Les Flots Bleus*.

Le soldat Otto Franz se précipita dans la casemate et attendit l'explosion, mais rien ne se passa.

C'est dans la villa *Les Flots Bleus*, superbe bâtisse de style anglo-normand, que l'armée allemande avait installé le Quartier Général du SD[27].

---

[27] Service de renseignement

Le général Adolf Grünfeld, petit hobereau prussien à la tête du service, entendait joindre l'utile à l'agréable. Il se plaisait dans cette belle demeure digne de sa condition et de sa réputation d'esthète. Le salon Louis XV, décoré par ses soins, servait de cadre à des fiestas régulières organisées pour la crème de la Wehrmacht.

Grünfeld avait accessoirement transformé *Les Flots Bleus* en coffre-fort sécurisé équipé de portes blindées, surveillé par un groupe spécial armé jusqu'aux dents... Il s'agissait en effet de stocker quelques mètres cubes d'archives militaires confidentielles dévoilant les prévisions de déploiement du mur de l'Atlantique et un butin considérable glané en Pologne et en France. Saucker avait d'ailleurs aidé Grünfeld à enrichir sa collection personnelle d'objets d'art moyennant quelques passe-droits, ce qui les avait rapprochés...

Ce 6 avril 1942, après le raid anglais, le général Grünfeld fut informé qu'une bombe anglaise, non explosée, de 300 kg traînait dans son salon. Il mit en branle tous les services de la Kreis kommandantur leur enjoignant de faire appel aux meilleurs artificiers disponibles. Il fallait impérativement sauver le trésor et les archives secrètes.

C'est ainsi que *L'équipe de la mort* fut réquisitionnée en urgence.

Sanaa arriva promptement sur les lieux afin d'évaluer la situation, suivi par le Général Grünfeld aussi tendu qu'une corde à piano. Sanaa aperçut un coin de ciel bleu par le trou béant du plafond.

L'obus avait traversé le toit soutenu par une solide charpente en chêne massif, les planchers des étages, celui du salon pour terminer sa course en équilibre précaire sur deux solives, au-dessus des caves.

- Mettez les moyens nécessaires pour désamorcer cette saloperie ! Ordonna le galonné d'une voix de crécelle.

- Il faut que j'aille voir la bombe de plus près chef. Répliqua Sanna en se penchant au-dessus du trou.

- Qu'est-ce que tu attends ?

Sanaa vérifia les appuis de l'engin sur les solives à l'aide de sa lampe torche puis monta sur une chaise. Il put alors déchiffrer l'inscription *Liverpool CC 207* gravée sur son flanc.

- Alors là monsieur le général, nous avons un problème…

- quel problème ? Qu'attends-tu pour te mettre au travail imbécile ?

Le général, tout en parlant, serrait contre sa poitrine un vieux vase chinois rescapé dégoulinant de dorures…

- C'est une vicieuse chef…

- Si tu refuses d'y aller je te fais fusiller ! Suis-je assez clair ?

- Oui chef, mais écoutez-moi…Cette bombe est un vieux modèle : CC signifie *chemical contact*. Je risque ma peau en la désamorçant mais vous, vous risquez d'anéantir ce qui reste de la villa…

- Ne cherche pas à m'embrouiller…

- La *Liverpool CC 207* est équipée d'un dispositif d'armement chimique. Le percuteur est bloqué par une fine feuille de rhodoïd. Normalement, lors de l'impact, une ampoule de verre est brisée par le système à hélice ce qui ramollit le rhodoïd et libère la sécurité.

- Et alors ?

- Parfois ce type de bombe n'explose pas à la percussion, on ne connait pas bien la cause de la panne …

- Alors que proposes-tu ? Eructa le général.

- Il faut démonter le système d'armement pour le neutraliser. Le risque de se faire sauter est évalué à 50%…

- Qu'est-ce que tu racontes ?

- … Et je n'ai jamais démonté un engin pareil. Au Havre, un seul homme est capable de le faire.

- Qui ça nom de Dieu ?

- Notre chef d'équipe : Mamadou Seck…

- Fais le venir !

- Je ne demande pas mieux, mais il est en prison !

- Parce qu'en plus c'est un ennemi du Reich ?

- Il ne fait pas partie des détenus politiques…

- Alors je me fiche de ce qu'il a fait. Je le veux ici dans l'heure qui suit !

- Si je peux me permettre… Adressez-vous à l'Oberst Otto Von Büllow. Il peut lui faire une autorisation de sortie à la demande…C'est ce qu'on m'a dit à la mairie…

19

Mamadou Seck sortit de prison encadré par deux vieux *feldgendarmes* fatigués attifés à la limite du négligé. Le plus corpulent, victime d'allergie, respirait difficilement, serré aux entournures dans une vareuse trop étroite. L'autre, un grand benêt d'un mètre quatre-vingt-dix tenait son fusil comme une pelle à tarte et baillait à s'en décrocher la mâchoire. On se rendait compte en les observant qu'Hitler, pour faire le nombre, avait dû puiser dans ses ultimes réserves…

Sur la place Danton un camion bâché les attendait. Mamadou inspira le bon air frais, se délecta des effets rafraîchissants d'une petite pluie fine sur son visage. Un peu étourdi par le brouhaha de la rue Lesueur il ralentit l'allure pour profiter de l'instant. Les deux *feldgendarmes* qui l'accompagnaient n'étaient pas, eux non plus, pressés de monter dans le camion. Ils profitaient, autant que leur prisonnier, d'une parenthèse agréable permettant de se soustraire aux aboiements des sous-officiers… Offrir une cigarette à un être classé bon dernier sur l'échelle des races était passible de sanction dans l'armée allemande, c'est pourtant ce que fit discrètement le grand benêt en s'asseyant à côté du Sénégalais qui garda la Gauloise pour plus tard.

Cela faisait maintenant huit mois que Mamadou était détenu. Grâce à ses missions ponctuelles avec son équipe il bénéficiait d'un régime de faveur en prison et pouvait voir venir... On lui avait confié un boulot d'aide cuistot qu'il avait déjà exercé dans la marine marchande. Deux gardiens, membres du réseau, veillaient discrètement sur lui, même si l'hypothèse selon laquelle une créature de Mariani pourrait lui faire un mauvais coup diminuait avec le temps. La bande à Saucker devait se consacrer pleinement à ses affaires et le travail ne manquait pas. En ce mois d'avril 1942, l'organisation TODT avait développé un effort considérable pour l'édification du mur de l'Atlantique en coulant 48000 m3 de béton…

Le plan de protection du Sénégalais avait fonctionné. Mamadou se faisait oublier. Faute de structures judiciaires son affaire restait en sommeil. La résolution du meurtre de Madeleine Hauchecorne n'était une priorité pour personne.

La population carcérale de la rue Lesueur, pendant l'occupation était constituée de différentes catégories : les petites infractions à l'ordre public purgeaient de courtes peines, contrairement aux « droits communs » quant aux « politiques », résistants ou opposants, ils subissaient quotidiennement la férocité de la répression nazie... Mamadou savait que les Allemands considéraient les « droits communs » comme du gibier de potence dont il fallait se débarrasser pour faire de la place... Du jour au lendemain sa situation plutôt favorable pouvait changer si, par exemple, Von Büllow son protecteur était muté à un autre poste... Restait le principal danger : finir piégé comme un rat dans sa cellule sous un déluge de bombes.

111

Sanaa avait réussi à faire passer le message à Mamadou : la prochaine mission que les Boches allaient lui confier serait de la plus haute importance ; des biens accaparés par certains gradés de l'état-major risquaient de partir en fumée, menacés par une bombe foireuse. Il tenait là, en cas de réussite, un moyen de se faire bien voir des pontes de la Kreis kommandantur ce qui ne l'empêcherait pas, le moment venu de profiter d'une sortie en mission pour tenter l'évasion...

Sur la route qui le conduisait à la villa *Les Flots Bleus* il eut une pensée reconnaissante pour François Le Pellec, capable de manifester tant d'empathie à l'égard d'un clandestin. Après la guerre il l'inviterait chez lui, l'emmènerait pêcher au filet sur le fleuve Sénégal dans le coin le plus poissonneux, le long du petit îlot couvert de bougainvilliers d'où l'on apercevait les remparts de Saint-Louis...

Mamadou s'installa sur un échafaudage à roulettes à hauteur de l'engin. Son premier travail consistait à empêcher la bombe de basculer. Il repéra une solive intacte, sangla l'engin aux deux extrémités et l'attacha à la solive.

Mamadou essaya de se concentrer. Le capitaine instructeur Danrit disait que l'artificier devait exclure toute forme d'improvisation dans l'exercice de son métier. Soit il connaissait le matériel et une solution technique s'imposait, soit il ne pouvait mesurer tous les risques et il était plus prudent de

112

ne pas essayer de désamorcer l'engin. L'exemple de la bombe munie d'un dispositif d'armement chimique était souvent cité par le capitaine pour illustrer son propos :

- Si le système à hélice est en état de marche et qu'il a brisé l'ampoule d'acétone, la feuille de rhodoïd s'est lentement ramollie, le percuteur est en équilibre, dans ce cas, au moindre retournement, adieu la compagnie ! Si le système a carrément dysfonctionné, on peut retirer tranquillement le percuteur avec une clé de huit et une pince plate ! Encore faut-il tout démonter pour faire le diagnostic. Il est conseillé d'avoir mis son testament à jour... En conclusion, face à un tel engin, ne tentez rien et piégez-le !

Mamadou n'avait pas le choix. Il retint son souffle, dégaina son tournevis et implora à haute voix l'âme de ses ancêtres. Le couvercle se libéra une fois la quatrième vis enlevée. Avant de le soulever Mamadou se remémora des souvenirs agréables : le visage souriant de Kardiatou, la place du village de Boyanadji un jour de marché, le grondement du fleuve aux grandes crues puis il souleva le couvercle...

Il devait maintenant basculer le bloc à hélices pour glisser la clé de huit jusqu'au système de serrage du percuteur. Un petit bruit le déconcentra un instant ; ses dents claquaient imperceptiblement. Il déposa une pastille Valda sur sa langue dans l'espoir d'enrayer le phénomène. À peine Mamadou avait-il positionné sa clé qu'il constata qu'un des deux ressorts de rappel du bloc était cassé. Cinq minutes plus tard le percuteur était démonté, les esprits de ses ancêtres avaient fait du bon boulot. Posé en haut de son échafaudage, les jambes dans le vide il alluma la cigarette que lui avait offerte le grand benêt et aspira goulument une bouffée de fumée âcre.

20

À partir d'avril 1942 les Allemands estimèrent qu'une attaque alliée par voie terrestre était envisageable. Ils donnèrent l'ordre aux populations d'évacuer les quartiers limitrophes du port afin de renforcer les défenses. Toutes les activités civiles furent suspendues. Le scénario de juin 1940 se répétait ; les familles résidant dans ces zones stratégiques furent contraintes de quitter leur maison.

Les habitants de Saint-François, Notre Dame, la Mare au Clerc, l'Eure et les Neiges voyaient leur quartier transformé en bastion : façades murées, rues barrées de murs en béton hérissés de fils barbelés.

À cette date ils ne pouvaient imaginer que le quartier Saint-François d'avant-guerre serait rayé de la carte.

On pouvait lire dans *Le Petit Havre* du 03 septembre 1943 un article au titre évocateur : *Saint-François sous les herbes.*

…Les habitants sont partis en voyage avec leurs baluchons. La nature profite de l'occasion pour faire sa rentrée, subrepticement, entre les pavés de la rue Dauphine…Une véritable débauche de plantes plutôt étranges, hautes d'un mètre, vous arrivant parfois jusqu'au cou, sortant de tous les interstices, de toutes les fissures, semblent venir de profond, d'en dessous…

…Sans les cris des enfants, sans les sourires des jeunes filles, sans l'odeur des cuisines, sans le perroquet dans sa cage, sans

les bouteilles au rez-de-chaussée du bistrot, les maisons de Saint-François sont décharnées, elles n'ont plus rien sur leurs vieux os, sur leurs poutres et sur leurs murs, ce sont des mortes...

Le bistrot *Chez Georges* fut lui aussi livré aux herbes folles.

La bande à Saucker installa son quartier général à la campagne dans une maison de maître isolée possédant des dépendances qui permettaient de stocker un maximum de matériel. L'acquisition de cette propriété avait été rendue possible grâce à une commission, arrachée aux forceps, sur une commande de câbles électriques couvrant toute la région normande. Quelques truands locaux grassement payés veillaient à la sécurité des lieux.

Les affaires marchaient tellement bien que la bande commençait à s'installer dans une certaine routine : le volume de béton coulé pour la construction du mur de l'Atlantique était passé de 535000 m3 en septembre 1942 à 644000 en mars 1943 et à 764000 le mois suivant !

Paradoxalement, 1943 fût aussi l'année où les mouvements de résistance fusionnèrent et intensifièrent leurs actions.

Cela faisait bientôt deux ans que Georges avait assassiné Madeleine et jamais Hervé Thomas n'avait obtenu l'autorisation d'Henri Poirier d'aller lui régler son compte. L'inspecteur considérait que l'intérêt du réseau primait et que si Hervé se faisait arrêter il mettrait en danger ses camarades.

- On s'occupera de lui à la Libération, dans les règles. Disait-il. Compte sur moi…

Et si Georges réussissait à s'échapper avant l'arrivée des alliés ? Jamais Hervé ne pourrait vivre avec cet échec sur la conscience… Il avait pris l'habitude de planquer dans le petit bois situé au-dessus du repaire de Georges, observant toutes les allées et venues de la bande, notant au jour le jour, les mouvements et la fréquence des patrouilles de surveillance. Une fois par semaine, le même jour à la même heure les équipes étaient relevées. Les gardes s'éloignaient des accès et se réunissaient durant dix minutes pour transmettre les consignes.

Hervé Thomas, exploitant ce court laps de temps sans surveillance, céda à sa pulsion. Au volant de sa Traction, il s'engouffra sur l'allée centrale bordée de peupliers conduisant à la maison et arrêta l'auto, moteur en marche, devant l'entrée principale. Georges, alerté par le bruit, apparut sur le seuil de la porte armé d'un Luger. Il fit feu le premier mais rata sa cible. Hervé, à couvert derrière sa portière répliqua à coups de 7/65 et lui logea une balle dans la cuisse. Georges s'effondra.

Hervé devait agir vite, les autres avaient sûrement entendu les coups de feu. Ils allaient rappliquer d'une minute à l'autre…

Georges protégea ses yeux du soleil, cherchant à croiser le regard de son agresseur, de l'autre main il tenta d'empoigner son Luger, tombé à proximité :

- Nom de dieu ! Glapit-il. Je te donne deux millions tout de suite si tu es raisonnable. Ce n'est tout de même pas à cause de cette fille que tu veux me tuer…

- Trois millions pour toi, trois millions…

Hervé logea sa deuxième balle entre les deux yeux du bistrotier et redémarra en trombe.

Un garde, médiocre tireur à la mitraillette sorti de nulle part, positionné au milieu du chemin d'accès visa la Traction zigzagante qui frisait déjà les quatre-vingts kilomètres à l'heure. Il ne réussit qu'à arroser les peupliers et fut obligé de sauter dans le fossé pour éviter le bolide qui lui fonçait dessus. Sur la route du retour Hervé réfléchit à ce qu'il allait bien pouvoir raconter à son chef pour justifier sa désobéissance…

Durant toute l'année 1942 Mamadou, sous surveillance, avait été appelé par la Kreis kommandantur pour assurer des missions de déminage délicates, le plus souvent secondé par Sanaa.

En 1943, si les Havrais continuaient à vivre au rythme des alertes, la ville fut moins régulièrement bombardée. Le Sénégalais passait plus de temps en prison, son angoisse augmentait parce que la répression s'amplifiait face à une résistance de plus en plus active ; exécutions, prises d'otages et déportations suivaient une courbe ascendante.

François obtint l'autorisation d'Henri de fournir une assistance logistique à Mamadou le jour où il tenterait de s'évader. Il serait alors exfiltré vers une zone plus calme, éloignée du Havre.

Juillet 1943 : Mamadou fut chargé de désamorcer une bombe non explosée logée sous une pièce d'artillerie positionnée à la lisière d'un bois touffu garni de bosquets d'épineux.

Ce jour-là, la surveillance allemande était plutôt relâchée à cause de bombardements fréquents dans le secteur. L'artificier noir bénéficiait d'une solide réputation professionnelle sur la place du Havre, les soldats se tenaient donc à distance respectable sans prendre aucun risque et le laissaient se débrouiller.

Soudain, en pleine pause casse-croûte, une formidable explosion dévasta le chantier. Les soldats, sourds comme des pots, toussant, crachant, se précipitèrent, flingots en avant. Le *Feldwebel* qui commandait l'équipe de servants artilleurs descendit pour la forme au fond du trou béant provoqué par l'explosion... L'issue fatale de la mission ne l'étonnait guère ; un quart d'heure plus tôt il avait vu le Sénégalais travailler à cheval sur la bombe sans se poser de questions...Aucune trace de son corps, soufflé, probablement éparpillé dans les branchages. Il avait déjà vu des cas semblables ; des camarades touchés de plein fouet par des obus et dont les corps s'étaient volatilisés... Par acquis de conscience les soldats firent le tour du bois puis, ne remarquant rien d'anormal, décidèrent de rentrer à la base.

Mamadou avait piégé l'obus et le canon avec une charge capable de couler un destroyer. Après l'explosion, profitant de la confusion, il avait jeté le déclencheur et les trente mètres de fil associés au milieu du bosquet d'épineux, à l'endroit le plus

119

dense, puis s'était planqué dans un tas de foin du champ voisin jouxtant le petit bois jusqu'à ce que les Boches plient bagages…

L'aviation britannique reprit ses raids à partir du 10 Avril 1944.

Le 07 juin, José Mariani choisit de ne pas se présenter au commissariat de la rue Hélène. Les troupes alliées débarquées sur les plages de Normandie avaient besoin de ports en eau profonde afin d'assurer leur ravitaillement. S'emparer du Havre devenait un objectif prioritaire. Le commissaire préféra filer, emportant avec lui une valise bourrée de grosses coupures. L'élimination de Georges avait poussé Mariani à la prudence. Il avait mis une bonne partie de son magot en lieu sûr et peaufiné un plan de repli adapté, mais, pour la première fois depuis le début des hostilités il joua de malchance.

Deux agents de la Gestapo proches de Saucker s'étonnèrent, lors d'un contrôle, de constater que le commissaire se déplaçait avec une telle somme d'argent. Mariani essaya de jouer de ses relations mais les gestapistes, pour toute réponse, le menottèrent à un radiateur et prévinrent leur chef.

Les consignes de Saucker furent limpides :

Les Américains approchent et il n'hésitera pas à nous dénoncer. Je veux savoir où il a planqué le reste de son magot, après faites le disparaître…Je ne vous oublierai pas...

Les sbires de la Gestapo n'eurent qu'à brandir sous le nez de Mariani une paire de tenailles, un marteau arrache-clou, et une lampe à souder pour qu'il se mette à table. Ils préférèrent vérifier ses dires avant de l'exécuter, l'ex- commissaire, enfermé dans une grange, en profita pour leur fausser compagnie.

Le 19 août 1944, les forces britanniques encerclent Le Havre.

Le colonel Eberhard Wildermuth récemment nommé commandant de la forteresse du Havre, craignant des bombardements massifs donne l'ordre à la population d'évacuer l'agglomération. L'officier a pour consigne de défendre jusqu'au bout le camp retranché. Il remplira sa mission sous certaines conditions ; soucieux de la vie de ses hommes il donne l'ordre à ses commandants de se rendre au cas où, d'après sa déclaration, *le blindage devrait s'opposer à la chair.*

La municipalité relaie l'ordre d'évacuation et incite, dans le communiqué du 23 août, les habitants à partir. Une partie de la population préfère attendre l'arrivée des alliés.

François Le Pellec, guidé par une conscience professionnelle à toute épreuve, décide de rester. Il veut témoigner de l'ultime combat.

Le 30 août il remonte l'avenue Foch en direction de la mer, appareil photo en bandoulière. Arrivé au mémorial belge il s'installe face au large sur le muret qui borde le boulevard Albert 1er. Sans ces tragiques évènements il vivrait un bonheur complet. Suzanne Fontaine vient de lui annoncer qu'elle est enceinte. L'enfant naitra dans une France libre. François n'a mis aucun de ses compagnons de lutte au courant de sa relation préférant cloisonner

121

vie privée et activités de résistance. *Les bans seront publiés après la libération* se dit-il *et tout le réseau sera invité à la noce ! Si c'est un garçon, on l'appellera Pierre…*

Le 30 août 1944, *Le Petit Havre* décrit l'ambiance qui règne dans la ville juste avant la tempête :

…Toute vie s'est ralentie dans la citée isolée…Le Havre vit dans l'attente de jours graves envisagés avec sang- froid…La pluie qui tombe, le vent qui souffle, un camion tressautant sur le pavé, ont des résonances nouvelles ; une conversation sous une fenêtre, qui vous parvient nette et précise surprend…La ville est calme, trop calme, confiante en son destin, courageuse, et si le soir, à l'heure du couvre-feu depuis longtemps déjà, nul passant ne circule plus dans ses rues, sur ses boulevards, derrière les façades sombres des maisons se devine une vie tapie, une vie tenace d'hommes acceptant les périls de la guerre …

Le samedi 02 septembre les armées allemandes et britanniques s'affrontent à Gainneville. Carte de presse au revers de sa veste, François est autorisé à se rendre dans la zone des combats. Le soir même il rédige son article.

Le lundi 04 septembre le Colonel Eberhard Wildermuth refuse l'ultimatum proposé par les Britanniques.

François retourne au centre-ville. Les Allemands ne vont pas tarder à capituler, il veut prendre des photos des premières troupes alliées défilant dans la ville libérée.

Le mardi 05 septembre, appuyant la grande offensive terrestre, des centaines d'avions de la RAF déversent plus de 1800 tonnes de bombes sur le Havre. *Pourquoi font-ils ça ?* S'interroge François, *les Allemands sont vaincus…* Attisé par un fort vent d'ouest le feu ravage le centre-ville.

François trouve la mort aux environs de 19 h00 aux abords de la place Gambetta alors qu'il tente d'extraire un vieil homme des décombres.

Le mercredi 06 septembre, une offensive de même ampleur frappe les quartiers périphériques…

Henri et Hervé accompagnèrent Simon Fontaine et Suzanne - la pauvre faisait peine à voir - à la chapelle ardente improvisée au fort de Tourneville où reposait, parmi tant d'autres corps, leur ami François Le Pellec. Tous ses collègues du journal sans exception passèrent lui rendre un dernier hommage.

Henri et Hervé errèrent durant quelques jours au cœur de la ville anéantie, cherchant à se rendre utiles. Seule l'action les empêcherait de trop cogiter. Heureusement ils purent rapidement intégrer une équipe de sauveteurs bénévoles qui avait réussi à s'organiser. Poitrines oppressées par les volutes de fumée noirâtre émanant des charpentes calcinées, par les nuages de poussière soulevés à chaque coup de pioche, ils extrayaient inlassablement les corps des décombres puis tentaient de les identifier avant de les rendre aux familles. Au fil des semaines, les alliés déployèrent sur l'immense chantier de plus en

123

plus de matériel lourd. Les bénévoles furent moins sollicités. Henri reprit ses fonctions, cafardeux parce que son réseau n'avait pas fini la guerre au complet. Il ne rechignait pas à la tâche ; il fallait rétablir l'ordre républicain, remettre en route l'institution policière sur de nouvelles bases.

Le gagne-pain d'Hervé Thomas, *La Belle Poule*, pulvérisé par les bombes alliées, gisait sur la vase souillée de mazout du bassin du Roy, au milieu d'un amas de ferraille. Lui ne bénéficiait pas comme Henri du statut de fonctionnaire. Il allait devoir songer à sa reconversion. Il fallait bien qu'il gagne sa croûte même s'il lui était difficile d'envisager l'avenir sans Madeleine à ses côtés ...

Un hôtelier dont la sœur avait été arrêtée par la police du Havre en 1942 dénonça le commissaire Mariani alors qu'il s'apprêtait à embarquer sur un cargo à destination de Santiago du Chili. Henri Poirier se chargea en personne de son arrestation. Monsieur Mariani père fit le voyage depuis Nice pour plaider la cause de son fils devant le tribunal, s'accusant de l'avoir influencé dans ses choix politiques, de l'avoir quasi forcé à entrer dans la police du Havre en 1936. Malgré son abnégation le paternel ne réussit pas à convaincre les jurés. José Mariani fut logiquement licencié, frappé d'indignité nationale puis condamné fin 1945 à dix ans de réclusion en tant que policier collaborationniste ayant profité de ses fonctions pour se livrer à des actes de banditisme. Cependant, faute de preuves, aucun chef d'inculpation ne fut retenu contre lui dans l'affaire du meurtre de Madeleine Hauchecorne.

José Mariani décédera au printemps 1960 des suites d'une cirrhose du foie provoquée par l'absorption massive et quotidienne de liqueurs anisées dans les bars du vieux Nice.

Wilfried Saucker fut capturé par les Anglais le 12 septembre 1944, jour de la libération du Havre. Il fut expédié dans un camp de prisonnier au fin fond du Sussex où l'on perdit sa trace. Ce n'est que dix ans plus tard qu'il fera à nouveau parler de lui…

21

Le 01 octobre 1944 Henri Poirier se rendit au poste de commandement du 373d *Engeneer General Service Regiment,* installé à l'entrée de la digue nord, pour rencontrer le colonel Taylor.

Cette unité américaine du Génie chargée de déminer la plage afin de permettre aux *Landing Ship Tank*[28] de débarquer troupes, vivres, matériel et munitions avait pour mission principale de remettre le port en service dans les plus brefs délais.

Henri Poirier, félicité pour son action par le représentant du Comité National de la Résistance avait été nommé commissaire principal, chargé de faire le lien entre l'administration de l'agglomération havraise et l'état-major allié.

Ce jour-là, Henri avait rendez-vous avec le colonel pour se plaindre du comportement de certains GI vis-à-vis de la population civile, féminine en particulier. Les faits s'étaient déroulés à Gainneville où Henri avait mené une enquête exemplaire. Il avait recueilli bon nombre de témoignages et entendait bien réclamer justice auprès des autorités militaires. Les GI incriminés, des Texans issus d'un bled pommé n'étaient pas des poètes… Récidivistes, ils avaient déjà purgé des peines de prison et se croyaient en pays conquis…Mais cette fois ils allaient payer cher leur forfait…

---

[28] Navire de débarquement de chars

Henri appréhendait ces réunions parce qu'il n'y avait jamais d'interprète disponible. Il devait se débrouiller avec son anglais du collège, s'échiner à se faire comprendre et à décrypter les réponses de types mâchouillant du chewing-gum à longueur de temps.

La sentinelle postée devant le baraquement fit comprendre à Henri que le colonel, appelé en urgence, aurait pas mal de retard... Pour le faire patienter il lui offrit une Lucky Strike. Le tabac opiacé lui occasionna un léger vertige, discrètement Henri balança la blonde de Virginie et alluma une Gauloise puis il entreprit, pour calmer une démangeaison placée au creux de ses omoplates, de se frotter le dos contre un poteau téléphonique à la manière d'un plantigrade.

Son regard fut alors attiré par cinq hommes noirs qui arpentaient le sable à une trentaine de mètres de là, le long de la digue. Quatre d'entre eux, armés de *poêles à frire* [29] portaient l'uniforme du génie US. Le cinquième, un grand civil mince tout en muscle coordonnait la manœuvre. Pantalon retroussé, casquette rejetée sur l'arrière du crâne, musette en travers du dos, le civil réussissait à se faire comprendre grâce à des dons de mime qui provoquaient l'hilarité générale. L'équipe avait déjà dégagé une vingtaine de mines et balisé avec des fanions rouges toutes les zones dangereuses de la plage.

---

[29] Détecteur de mines

Quand Henri croisa le regard du civil il poussa un cri et leva les bras, formant le V de la victoire. Ce geste inconsidéré fit valser une bouteille de Coca-Cola que la sentinelle portait à ses lèvres, arrosant de jus de mélasse sa paire de Rangers toute neuve.

- Mamadou ! Si je m'attendais…

Henri dévala la pente de galets à toute vitesse, le Sénégalais jeta sa casquette en l'air. Ils tombèrent dans les bras l'un de l'autre.

- Tu es revenu ? Pourtant tu as fait ta part… Je suis si content de te revoir…

- Moi aussi Henri… J'ai appris pour François, c'est pour lui que je suis là… Je suis sûr qu'il aurait aimé que je finisse le travail !

22

Après-guerre Mamadou navigua au long cours pendant quelques années avant de poser ses valises. En 1953 Henri reçut un courrier en provenance du Sénégal.

Le nom et l'adresse de l'expéditeur étaient indiqués derrière l'enveloppe :

Mamadou Seck,
Restaurant de la Baie de Seine.
2 rue de l'océan… Dakar.

Dans ce courrier Mamadou invitait Henri et son épouse Adélaïde à venir passer des vacances à Boyanadji. Le Sénégalais, reconverti dans le tourisme, avait ouvert un ensemble de restaurants paillottes en bord de mer. Il était remarié et père d'un garçon prénommé François…Le couple Poirier passa un séjour idyllique au Sénégal, nouant des liens amicaux durables avec la famille Seck.

Hervé Thomas toucha quelques *dommages de guerre* qui compensèrent la perte de *La Belle Poule*. Ces fonds lui permirent d'ouvrir une petite poissonnerie dans le nouveau quartier des Halles. L'affaire prospéra grâce à sa bonne connaissance du milieu et il put rapidement agrandir son commerce. En 1952, à l'occasion d'un concours de Bossa-Nova organisé par le *Beau Séjour*, un café avec vue mer bien connu des Havrais, il renoua avec Fanny. L'ancienne informatrice de François durant « l'affaire » et Hervé, malgré leur différence d'âge, développèrent une passion sincère qui poussa Fanny à s'installer pour la vie derrière la caisse de la poissonnerie.

Des années durant Fanny et Hervé rendront visite aux Poirier dans leur maison de la rue de la Forêt. Ensemble, ils prendront l'habitude de refaire le monde sans jamais oublier de trinquer à la mémoire de François Le Pellec.

En 1955 Henri Poirier fut informé par la police d'Allemagne fédérale que Wilfried Saucker avait été retrouvé égorgé sur un quai de Hambourg, victime d'un règlement de compte entre trafiquants.

23

Marc Gaillard était un couche-tard. De temps à autre, quand Sophie son épouse et sa fille Justine étaient parties se coucher, il aimait s'installer une petite heure dans son repaire, s'immerger au cœur de son univers-bazar où tous les objets avaient une signification précise.

C'est dans l'ancienne chambre d'amis qu'il avait entassé, le plus rationnellement possible : un bureau, une table à dessin, des éléments pour ranger ses archives, sans oublier ses cartons à dessins, bouquins, objets familiers et autres souvenirs. Sophie lui faisait souvent remarquer, sur un ton d'affectueuse ironie, qu'il prenait de plus en plus de place dans leur quatre-vingt-dix mètres carrés de la *Porte Océane*[30] et qu'un tri sérieux de ses affaires serait le bienvenu.

En plus de la peinture qu'il pratiquait, Marc était passionné par l'histoire du Havre et la généalogie, ce qui expliquait le nombre d'heures important passé aux archives municipales pendant ses jours de repos. Il collectionnait depuis longtemps les documents d'époque relatifs aux évènements de la deuxième guerre mondiale, notamment une belle série du journal des années 40 *Le Petit Havre* qui remplissait à elle seule les rayonnages…

Ce soir-là Marc avait eu envie de relire deux articles du 25 septembre 1941 qui avaient retenu son

---

[30] Immeuble de style Perret face à la mer.

attention. Leurs contenus entraient en résonnance avec les archives familiales retrouvées récemment dans le grenier de son père Pierre. Et pour cause, l'auteur n'était autre que François Le Pellec, son grand-père biologique...

Le premier article relatait un fait-divers troublant :

Meurtre à Saint-François

Une dénommée Madeleine Hauchecorne, 37 ans, a été retrouvée sauvagement assassinée jeudi matin à son domicile situé 5 rue du Petit Portail. La victime exerçait la profession de serveuse occasionnelle au café / restaurant Chez Georges. *Selon une source bien informée le commissaire Mariani, chargé de l'enquête, aurait procédé à l'arrestation d'un suspect...*

Dans le second article, illustré par une photographie représentant un groupe de travailleurs armés de pelles et de pioches on rendait hommage à la *courageuse équipe municipale des artificiers noirs* dirigée par un certain MS, d'origine sénégalaise. *L'équipe de la mort* - c'est ainsi que les Havrais la surnommait - était composée en majorité d'Africains issus de l'immigration clandestine.

L'article de François était assorti d'un compte-rendu d'audience du tribunal correctionnel du Havre daté de 1931 mentionnant un embarquement illicite sur le port de Dakar où des clandestins avaient réussi à s'infiltrer parmi les figurants devant rejoindre l'exposition coloniale. L'aventure s'était mal terminée pour eux :

À l'arrivée du steamer Groix *au Havre, les services de la police du port ont mis en état d'arrestation trois individus d'origine sénégalaise : A.S 24 ans, A.D 22 ans, M.S 23 ans.*

Et si ce M.S. de 23 ans était...

Peu de temps auparavant Pierre Gaillard avait donné à son fils une valise en carton contenant des archives familiales, des photos et quelques objets :
- En rangeant le grenier j'ai retrouvé des vieilleries que j'avais complètement oubliées. Je pense que ça va t'intéresser, ces affaires appartenaient à ton grand-père François...
Marc se souvenait avoir légèrement frémi.
- D'où viennent-t-elles ?
- Ça remonte à loin... C'est Simon Fontaine le père de ta grand-mère qui les a récupérées...
- Mais pourquoi ne les a-t-il pas données à sa fille ?
- Il ne voulait pas lui faire de peine. Il a chargé un certain Hervé Thomas, un ami de François, de me les remettre :
Je me fais vieux...A-t-il dit. Donne-les à Pierre, dans quelques années, quand les plaies seront refermées il en fera ce qu'il voudra...

24

Pierre Gaillard, fils de Suzanne Fontaine et de François Le Pellec, portait le nom de son beau-père. Suzanne s'était mariée après-guerre avec Léon Gaillard qui l'avait épousée par amour malgré sa condition de fille mère. Ils n'eurent pas d'enfant, mais Léon Gaillard éleva Pierre comme son propre fils.

133

En 1980 Noémie, l'épouse de Pierre, décéda prématurément. Leur fils Marc n'avait pas encore quinze ans. Pierre ne se remaria jamais.

Durant l'adolescence de Marc, Suzanne, sa grand-mère paternelle, combla naturellement le vide laissé par la mère disparue. Une grande complicité s'installa entre eux d'autant que Pierre, accaparé par ses activités professionnelles, était souvent absent.

Marc, issu d'une famille réduite marquée par les deuils précoces, s'était très tôt intéressé à son arbre généalogique parce que son père, désireux de tourner la page d'un passé douloureux, parlait peu.

Les évènements entourant la vie de son grand-père biologique questionnaient Marc. Il aurait aimé en savoir plus sur ses engagements mais Suzanne, bien qu'ayant vécu une relation passionnelle avec lui, apportait peu de réponses…

Elle se contentait de raconter sa belle histoire d'amour avec cet homme, attentif aux autres et qui bénéficiait d'une forte popularité au sein du journal.

Suzanne n'avait qu'une intime conviction : *François détestait le régime de Vichy et participait à la lutte contre l'occupant : il restait secret sur ses activités,* disait-elle, *pour mieux me protéger. Quand il n'était pas occupé à battre le pavé, à rédiger des articles ou à courir d'une administration à l'autre, il passait le plus clair de son temps avec de mystérieux amis auxquels je n'ai jamais été présentée.*

Le jour où Marc découvrit dans la valise une carte tricolore datée de fin 1945 prouvant son appartenance aux FFI il en fit part à Suzanne. Il savait que ça lui ferait plaisir :

- *Où as-tu trouvé ça ?*

- *Dans des archives privées…*
- *Je te l'avais bien dit !* S'était-elle exclamée.

Marc n'avait pas encore parlé de la valise et de son contenu. La santé de Suzanne déclinait. Il l'informerait de ses découvertes en douceur quand elle serait prête à les recevoir.

Marc partageait l'opinion de Suzanne sur les engagements de François depuis qu'il avait étudié le contenu de la valise, mais une question le chagrinait ; si François n'avait aucune sympathie pour Vichy pourquoi la direction de son journal l'avait-elle maintenu à son poste ?

Marc avait soigneusement épluché les articles de son grand-père. Ils étaient neutres, se contentaient d'énoncer les faits, de faire remonter les consignes de sécurité, ce qui ne l'empêchait pas d'exprimer quelques convictions profondes. Ainsi dénonçait-il les méthodes scandaleuses de recrutement des soldats noirs par l'armée française.

Marc réexamina le contenu de la valise provenant des tiroirs du bureau de François et des poches de son pardessus, celui qu'il portait le jour de sa mort. Il étala sur sa table à dessin : un paquet de lettres, une boîte à chaussures pleine de photographies et de divers papiers officiels : carte de presse, laisser-passer frappé du sceau de la Kreis kommandantur, carnets de tickets d'alimentation ainsi qu'une autorisation de visite à un certain Mamadou Seck emprisonné à la prison de la rue Lesueur. À l'intérieur d'un sac de toile étaient rangés en vrac différents objets : un briquet tempête, un couteau

135

suisse, un brassard FFI effiloché mais surtout les restes d'un carnet publicitaire *Saint Raphaël-Quinquina.* Ce carnet, retrouvé sur le corps, contenait les notes de travail de François. Malheureusement, on aurait dit qu'une lame de massicot l'avait tranché net. Marc avait lu un témoignage qui relatait un fait analogue : on avait retrouvé sur le corps d'un soldat touché par un éclat d'obus un jeu de cartes tranché en deux de manière semblable.

Les écrits rédigés au crayon, exposés à la chaleur, étaient devenus illisibles. Une autre relique émouvante trônait au centre de la table : les débris de l'appareil photo que François Le Pellec, en plein reportage, devait utiliser le jour de sa mort.

Une lecture attentive des courriers avait conforté Marc dans l'opinion favorable qu'il se forgeait de son grand-père. Il y avait d'abord eu cette lettre datée d'août 1944 envoyée de Bizerte par une certaine famille Fadida qui remerciait François Le Pellec des risques qu'il avait pris.

Et puis, ce mot sibyllin, griffonné à la hâte, daté de juin 1943 :

Ça y est mon vieux, Madeleine est vengée !

Le mot était agrafé à un article du *Petit Havre* :

Georges Franju l'ancien tenancier du café restaurant Chez Georges, *bien connu des habitants de Saint François, a été assassiné dans sa propriété de Manéglise. La piste terroriste est envisagée…*

Marc avait tout de suite fait le rapprochement avec le meurtre de la rue du *Petit Portail.*

L'auteur et François semblaient convaincus que ce Franju était l'assassin de la jeune femme et se réjouissaient de son exécution, mais quelles relations entretenaient-ils avec cette Madeleine ?

Marc se tassa légèrement sur son siège et vida la boîte à chaussures pleine de photos sur la table à dessin. Son cliché préféré, pris en juin 1940 au journal, était insolite ; tous les acteurs souriaient, réunis autour d'un gâteau d'anniversaire, heureux d'être ensemble, malgré les tragiques évènements.

François avait noté au dos :

Mes collègues du journal : Simon le chef d'atelier, Mariette la secrétaire qui fête ses trente ans aujourd'hui, René et Louis les typographes…

Deux personnages incontournables se partageaient la vedette sur les photos. Ils avaient dû tenir une grande place dans la vie de François : une sorte de vieux loup de mer au visage buriné, Hervé Thomas, l'homme qui avait remis la valise à son père et, cheveux crantés, costard, cravate_le dénommé Henri Poirier.

Une photo en particulier illustrait bien la complicité des trois compères. On les découvrait en train de trinquer dans une cuisine. En marge il était écrit :

Rue de la forêt : 06 juin 44. Enfin ils débarquent, pas loin de chez nous ! On entend le canon tonner d'ici !

Dans le lot, épinglé à un brouillon d'article qui lui était consacré figurait le portrait d'un grand Africain portant casquette :

Mamadou Seck. C'est le type que le grand-père allait voir en prison. Et pourquoi pas le « M.S » de 23 ans débarqué du Groix en 31. Dans quel pétrin s'était-il fourré ?

Marc remit les objets dans la valise qu'il rangea sur une étagère.

C'est en regardant une dernière fois la ville illuminée, calme et paisible avant d'aller se coucher, qu'il se prit à imaginer Mamadou au fond de son cachot, confronté à son tragique destin. Jamais il ne connaîtrait l'intégralité de l'histoire de cet homme, de Madeleine et des autres mais au moins pouvait-il tenter de la reconstituer. Il lui suffisait d'exploiter ses archives et de solliciter son imagination.

Il sortit du tiroir de son bureau un cahier d'écolier, l'ouvrit à la première page et inscrivit en lettres majuscules ce qui pourrait devenir le titre d'un roman : *L'ARTIFICIER NOIR,* puis il attaqua son premier chapitre d'une écriture fine et appliquée :

Madeleine releva sa frange blonde et examina soigneusement son visage dans le miroir ovale placé au-dessus de la coiffeuse...